KB075908

나의 스무 번째 의뢰인

나의 스무 번째 의뢰인

초판 1쇄 발행 2019년 12월 31일

지은이 이채하
펴낸이 배선아
펴낸곳 (주)고즈넉이엔티

출판등록 2017년 3월 13일 제2018-000115호
주소 서울시 중구 퇴계로26길 52 1층
대표전화 02-6269-8166 **팩스** 02-6166-9199
이메일 gozknock@naver.com

ⓒ 이채하, 2019
ISBN 979-11-6316-067-0 03810

이 도서의 국립중앙도서관 출판예정도서목록(CIP)은 서지정보유통지원시스템
홈페이지(http://seoji.nl.go.kr)와 국가자료공동목록시스템(http://www.nl.go.kr/kolisnet)에서
이용하실 수 있습니다. (CIP제어번호: CIP2019044915)

나의 스무 번째 의뢰인

이채하 장편소설

고즈넉이엔티 GOZKNOCK ENT

그녀의 사무실에는 법의 보호가 필요 없는 이들이 모였다. 해주는 법보다는 그들의 부탁을 우선으로 따랐다. 필요하다면 상해를 입히거나, 살해를 덮어준 다거나, 남의 돈을 몰래 빼오는 일도 서슴지 않았다. 의뢰인이 작성한 계약서 하나만 있다면 해주는 어떤 행위를 저질러도 뱀처럼 빠져나올 수 있었다.

-본문 중에서

1

해주는 창문 커튼을 열어젖혔다.

오후부터 구름이 끼고 저녁이면 서늘한 바람이 불 거라던 예보와 달리 노을이 걸린 하늘은 화창했다. 창틀에 쌓인 먼지가 햇빛을 받아 은가루처럼 반짝반짝 빛났다.

해주의 시선이 책상을 향했다. 정리되지 않은 서류가 아무렇게나 어질러져 있었다. 검지로 창틀의 먼지를 훑었다.

"개판이네."

상황을 한눈에 담은 해주가 무심한 어조로 말했다. 혼잣말처럼 작은 소리였지만, 가리키는 대상이 가까이 있었으므로 혼잣말은 아닌 셈이었다.

가뜩이나 입도 벙끗 못 하던 남자의 눈이 땅바닥을 파고들듯 푹 꺼졌다.

쏟아지는 햇빛을 등지고 남자를 향해 폭, 한숨을 내쉬는 해주는 참 사랑스러웠다. 쏙 다물린 야무진 입과 동그란 눈동자가 남자를 지그시 노려보았다. 해주의 눈빛은 얼핏 보기엔 참 효용성이 없었다. 게다가 그녀의 한숨은 꼭 모든 것을 다 용서하고 받아주는 천사가 내쉬는 마지막 숨처럼 보이기도 했다. 흔히들 하는 착각이었다.

남자는 해주가 어떤 사람인지를 알기에 감히 아무 말도 할 수 없었다. 침묵은 금이니, 가만있으면 절반이라도 간다! 해주가 일주일 전 남자를 조수로 고용하던 당시에 했던 말이었다. 해주는 먼지가 묻은 손가락으로 남자의 턱을 추켜올렸다.

남자는 굳게 입을 다물었다. 지금에서야 침묵이 금이라던 해주의 말에 깊게 공감할 수 있었다.

"아까 했던 말 다시 해봐요."

이제라도 자신과의 약속을 지키려는 듯 입을 앙 다문 남자에게 해주가 또박또박 말했다. 잔뜩 기가 죽어 어깨를 수그린 모습이 가소롭기 짝이 없었다. 시키는 일은 뭐든 잘한다고 떠들어대던 모습과는 확연히 달랐다.

일주일은 됐나? 일주일은 됐구나. 남자를 조수로 고용한 지 딱 일주일째였다. 그동안 해주는 조수랍시고 나태하게 소파에 늘어지기 일쑤였던 그를 오래 참아주었다.

청소도 하지 않고, 쓰레기를 치우지도 않았으며, 없애야 하는 서류마저 서랍에 대충 담아놓고 당당하게 버렸노라고 거짓말한 조수를 무려 일주일이나 참았다. 경이로운 기록이었다. 그간의 조수들이 삼 일을 버티지 못했기 때문일지도 몰랐다.

해주는 사무실을 서초로 옮겨온 이후 평균치보다 떨어지는 지능을 가지고 탐정 일에 뛰어들어보겠다는 멍청이들을 상대하느라 지쳐 있었다.

"제 말이 말 같지가 않아요?"

생각하니까 또 짜증 나네. 해주가 남자의 턱을 쥐고 있던 손을 확 놓았다. 쌀쌀맞은 손짓은 한여름인 날씨에도 어디선가 찬 바람이 쌩 불어오는 듯 냉담했다.

남자의 뺨이 수치심에 달아올랐지만, 그는 어떤 말도 하지 못했다. 기껏 한다는 변명이 오늘은 사무실을 비우시는 줄 알고 어쩌고저쩌고.

갈수록 남자의 목소리가 작아졌다. 해주는 듣기 싫다는 표정으로 고개를 가로젓고 말했다.

"다시 말하면 한 달 치 월급 챙겨줄게."

남자의 눈이 흔들렸다. 고민의 기색이 역력했다. 조개처럼 다물려 있던 입이 살며시 열리는 순간, 누군가 사무실 문을 두드렸다.

남자는 해주가 사무실 문에 한눈을 판 사이 빠르게 말했다.

"여자 혼자 운영하는 사무실이라 날로 먹어도 된다고 생각했습니다."

"끝까지 날로 먹는 거 좋아한다는 점이 일관성 있네요."

해주는 오만 원 지폐 한 다발을 책상에 쾅, 소리가 나도록 내려놓았다. 굳이 상사 뒷담을 까다 걸리지 않았어도 언젠가는 주려고 준비해둔 돈이었다. 그게 하필이면 오늘일 뿐.

두툼한 돈뭉치를 본 남자의 눈이 순간 크게 떠졌다. 해주는 직접 남자의 손에 현찰로 가져온 오백만 원을 쥐어주었다.

"앞으론 어디서 입 함부로 놀리지 마세요. 돈 좋아하는 사람이 입까지 가벼우면 인생 망하거든."

"감사합, 아니 죄송합니다…."

감사하기도 하고 죄송하기도 하겠지. 해주가 사납게 대꾸했다. 남자는 해주의 말을 못들은 체하며 대화의 주제를 돌리려 했다.

"그, 근데 밖에 있는 사람은 어떡해요? 저희 사무실 원래 의뢰인 안 받잖아요….''

"저희? 내 사무실이지. 의뢰인 아니고 그쪽 대신할 사람이에요. 문 열어주고 가요."

남자는 조용히 돈을 챙겨 들어 가방에 넣고 해주에게 꾸벅 허리 숙여 인사했다. 다시 한 번 죄송하다는 말도 잊지 않았다.

해주는 남자의 등을 떠밀었다. 문 앞에 멀거니 서 있던 조수 지원자가 앞으로 고꾸라지는 남자를 손으로 붙잡아주었다.

남자는 넘어질 뻔한 저를 잡아주었는데도 고맙다는 말 한마디 없이 획 사무실 밖으로 나갔다.

해주는 남자가 열어놓고 간 문을 닫으며 옆에서 쭈뼛대는 열 번째 조수 지원자를 사무실 안으로 들였다.

"사무실이 좀 더럽죠? 이전 조수가 날로 먹느라."

해주는 아마도 마지막이 될 지원자를 소파에 앉게 했다. 이번에도 제 몫을 다 해내지 못한다면 더이상 조수에는 미련을 두지 않으리라.

지원자는 이십 대 중후반으로 보이는 남자였다. 겉으로 보이는 외관은 아주 번듯했다. 외모도 훌륭했고, 입고 있는 옷도 깔끔했다. 무엇보다 베이지색 면바지의 바짓단이 바닥에 끌리지 않는다는 점이 마음에 들었다.

해주는 일전에 받아놓았던 남자의 정보를 떠올리며 말했다.

"이름이, 서문요한 씨?"

"네, 문자로 지원했습니다."

남자는 긴장한 얼굴로 대답했다.

보통 다른 사장들은 이런 상황에서 지원자의 긴장을 풀어주려 어떻게 하는지 모르겠지만, 해주의 스타일은 긴장하면 하는 대로 내버려 두는 쪽이었으므로 남자에게 준비해온 서류를 달라고 말했다.

남자는 메고 온 검은 백팩에서 봉투를 꺼냈다. 봉투 안에는 이력서와 주민등록표 초본이 곱게 접혀 있었다.

해주는 먼저 이력서를 확인했다.

서문요한은 해주보다 다섯 살이 어린 스물아홉 살이었고, 사무실에서 멀지 않은 오피스텔에 살고 있었다. 여덟 살부터 열아홉 살까지 재택 수업을 받았다는 점을 제외하고 특별히 거슬리는 항목은 없었다. 다만, 가장 중요한 이력란이 텅 비어 있었다.

"조수 일은 이번이 처음이네요? 왜 조수를 하려고 해요?"

해주가 요한에게 물었다. 말을 하면서 동시에 종이를 처음 접혔던 모양대로 따라 접었다.

봉투에 접은 종이를 넣고 다시 돌려주자 요한이 아쉬운 얼굴을 했다. 본인의 미래를 어느 정도는 예지한 모양이었다.

"돈이 필요해서요. 제가 원래 이쪽에 흥미도 있었고."

"돈이 필요한 거면 지금 차고 있는 그 시계를 팔면 더 쉽고 빠르게 벌 수 있을 텐데요."

해주가 손목을 가리키며 말했다. 고가 브랜드의 한정판 시계를 차고 있을 정도면 돈이 궁하진 않을 텐데, 게다가 시계 줄의 색이 옅게 바랜 걸 보면 새것도 아니었다.

"아…. 이건 친척분이 선물로…."

"그런 건 별로 중요하지 않고요."

원래라면 문자로 지원을 받을 때 경력의 유무를 따져 일차적으로 걸러내야 했는데, 이전 사람을 아주 잘못 보고 뽑는 바람에 급하게 지원을 받느라 일이 꼬여버렸다. 그래도 원칙은 원칙이고, 해주는 초보자를 가르치고 있을 만큼 여유롭지도 않았다.

"서문요한 씨, 미안한데 저희는 경력 없는 사람을⋯."

해주가 말을 맺고 요한이 고개를 끄덕이려는 찰나 쾅, 하는 굉음이 사무실에 울려 퍼졌다.

반사적으로 귀를 손으로 틀어막은 해주가 소음의 근원지인 문을 바라보았다. 무게가 나가는 집기가 철문에 부딪혀 난 소리였다.

범인을 추리하기도 전에 비상구에서 악을 쓰는 소리가 들려왔다. 꼭 잘못을 저지른 놈들이 저렇게 난동을 피운다. 무능력한 조수들이 가져야 하는 필수 교양인가 싶었다. 열의 아홉이 능력 부족에 자존심만 가지고 입사했다가 돈만 날름 들고 사무실에서 쫓겨나는 주제에 그래도 할말이 있노라고 빽빽거렸다. 출근 마지막 날에.

"존나 망해라! 너 그렇게 살지 마! 너, 너 그거 다 노처녀 히스테리야!"

방금 쫓겨난 전 조수가 외치는 말을 요한과 함께 고스란히 듣고 있자니 해주의 표정이 자연스럽게 굳었다.

사무실 문을 열자 바닥에 나동그라진 비상용 공구함이 보였다. 해주는 휴, 한숨을 내쉬며 바깥을 살폈다. 노처녀 히스테리는 언제 적 단어야. 볼품없는 도발에 한숨만 났다.

어느새 옆으로 다가온 요한이 해주에게 괜찮냐고 물었다. 해주는 대답하지 않고 문에 생긴 흠집의 개수를 세었다.

"얼굴이 창백해요."

"아, 괜찮아요."

화나면 얼굴이 새빨개지는 사람이 있는 것처럼 해주는 화가 나면 머리에 피가 식었다. 개 돼지도 이만큼 대우해주면 고마운 줄 알 텐데. 해주는 불시에 요한을 돌아보았다. 검은 눈망울에 당혹감이 서려 있었다.

"서문요한 씨, 제가 원래 경력 없는 조수는 귀찮아서 안 받아요."

"저 잘할 수 있는데…."

"다들 처음 올 때 그렇게 말해요. 근데 문제는 자기가 뭘 해야 하는지도 모르면서 잘할 수 있다고 한다는 거지."

요한에게 비정하게 대꾸한 해주가 창가를 내다보았다. 사 층 건물을 단박에 내달린 전 조수, 현 기물파손범이 보였다. 횡단보도를 기다리고 있었다.

자신의 신경을 긁어놓고 신호를 지키고 있다니. 해주는 남자를 눈으로 좇다가 요한에게 말했다.

"방금 여기서 나간 남자 기억나요? 남색 카라티 입은."

"카키색이었던 거 같은데…."

아, 맞다. 그랬지. 의외로 눈썰미가 있다는 걸 보여준 요한의 말에 해주는 마치 의도한 것처럼 미소 지으며 대답했다.

"관찰력은 좋네요. 방금은 일부러 다른 색으로 말해봤어요. 저도 초심자를 받을 때는 몇 가지 테스트를 해야 하니까. 아무튼!"

해주가 요한에게 내건 조건은 이러했다. 방금 나간 남자를 다시 이곳으로 데려오면 그때 너를 조수로 받아주겠노라고.

그걸 하나의 경력으로 쳐줄 테니 잡아 올 수 있겠느냔 해주의 말에 요한이 고개를 끄덕였다. 잡아 오겠다는 말에서 결연함이 느껴졌다. 해주는 명령이 떨어지길 기다리는 강아지처럼 서 있는 요한에게 신경질적으로 말했다.

"뭐 해요? 안 가고."

"아, 갈게요. 시간 제한은 있나요?"

"없어요."

해주가 버스정류장에 앉아서 가방 속을 들여다보는 남자를 가리켰다.

요한은 잽싸게 사무실을 빠져나갔다. 몇 칸씩 계단을 뛰어 내려가는지 쿵, 하는 긴박한 소리가 들렸다. 남자는 요한이 신호를 무시하고 도로를 가로질러 저에게 달려오는 것을 발견하곤 벌떡 일어나 뛰기 시작했다.

멀리서 보고 있으니 코미디 쇼의 한 장면 같았다. 해주는 커튼을 치고 요한의 이력서를 마저 읽었다.

요한은 시간 제한을 딱 맞춰놓고 시작한 것처럼, 정확하게 20분 만에 전 조수의 손을 꽉 붙잡고 돌아왔다.

해주는 전 조수에게 약간의 돈을 뜯어내고 사과를 받아냈다.

기물파손과 벌금을 앞세워 협박하자 눈물까지 짜내는 게 아주 재밌었다. 해주는 남자에게 반성문까지 받은 뒤 내보냈다.

대충 읽고 찢어서 쓰레기통에 버릴 때는 약간의 카타르시스마저 느꼈다. 이게 다 일이 없어서 그래!

유치한 기쁨 뒤에 찾아오는 허무함을 처리하기 위해 해주가 요한에게 물었다.

"근데 어떻게 데려왔어요? 아까 보니까 막 뛰던데."

"뛰어서 잡았어요."

"뛰어서 잡은 것치곤 너무 멀끔한데요? 땀도 거의 안 났고."

해주가 요한의 얼굴 가까이 손을 가져가며 말했다. 요한은 해주의 손을 피해 슬며시 고개를 돌렸다. 체감 온도가 35도를 넘어설 만큼 후끈거리는 날에 밖에서 뛰어다닌 사람이 도서관에서 책을 읽다 온 것처럼 멀끔하다니? 무한증이 아니고서야….

요한을 바라보는 해주의 눈에 의심이 스며들었다.

"사실 전 조수랑 짜고 친 거 아녜요?"

"아니에요, 그냥…. 마침 제 지갑에 오만 원권 세 장이 있길래 그걸로 꼬셨어요. 그쪽이 사무실에 돈을 흘리고 갔다고 거짓말했는데 순순히 믿더라고요. 그래서 제 돈을 그 사람에게 주면서 여기가 뭐 하는 곳인지 설명해달라고 한 다음에 경계가 풀렸을 때 제압했어요. 얌전히 따라오면 돈을 전부 빼앗기는 일은 없을 거라고 협박을…."

"협박? 여기서 일할 자질이 있네요. 잘했어요."

예상치 못한 칭찬을 듣자 요한이 멋쩍게 뒷덜미를 긁적였다.

요한의 말이 사실이든 즉석에서 지어낸 이야기이든 전 조수가 십오만 원이 아까워 망설일만한 인물임은 확실했다. 해주는 피식피식 나오는 웃음을 참고 요한에게 말했다.

"자 그럼 약속을 이행해볼까요. 내일부터 나오면 되고요. 요한 씨가 할 일은 오늘처럼 내가 시키는 일에 최선을 다하는 거고요. 출근은 오전 9시, 퇴근은 유동적이에요. 밤샘 근무할 수도 있고 출근하고 한 시간 만에 퇴근할 수도 있어요. 더 물어볼 것 있나요?"

"어, 아직은요. 사실 뭘 물어봐야 할지도 잘 모르겠어요."

"어려울 게 뭐 있어요? 시키는 것만 잘하면 돼요. 쓸데없는 말은 삼가고, 시키는 것 잘하고. 헛짓할 거면 나한테 걸리지만 마요."

해주는 요한이 가져온 서류가 든 봉투를 책상에 툭, 던졌다.

요한은 사무실을 나가기 직전 묻고 싶은 것이 떠올랐는지 아, 하는 소리를 내며 해주를 향해 돌아섰다.

"호칭은 어떻게 해야 해요?"

귀신 씻나락 까먹는 소리를 하고 앉았네. 해주는 당연하다는 표정으로 요한을 검지로 가리키며 을, 그리고 자신을 가리키며 갑, 하고 말했다.

요한은 이해했다는 듯 고개를 끄덕이곤 사무실 문을 열었다. 나가기 전에 허리를 푹 숙여 인사하는 것도 잊지 않았다.

***

요한은 다음 날 오전 아홉 시 정각에 딱 맞춰 나타났다.

해주는 요한이 가방을 벗어 소파 책상에 올려두고 곧장 손걸레를 들고 나가는 모습을 곁눈질로 훔쳐보았다. 키가 커서 손이 잘 닿지 않는 선반을 닦는 게 매우 수월해 보였다.

창틀과 선반, 먼지가 쌓인 물건을 꼼꼼하게 닦은 뒤에는 사무실 바닥을 쓸고 닦았다. 텅 빈 냉장고도 채운 뒤 해주에게 캔 커피를 내밀었다.

"좋은 아침입니다."

해주가 키보드 옆에 놓여 있는 디지털 시계를 확인했다.

"인사를 출근하고 30분 뒤에 하는 사람이 어딨어요?"

"아, 할 일을 먼저 끝내지 않으면 좀 불안해서요."

해주는 요한이 준 커피를 따 마셨다.

아침을 먹지 않아서인지 빈속에 액체가 들어가니 내장이 찬물에

싹 씻기는 기분이 들었다. 요한의 첫 출근은 상상한 만큼 최악은 아니었다. 해주는 뭐라도 하고 싶은 것처럼 움찔대는 요한에게 서랍에 꽂혀 있는 책이라도 보라고 일러주었다.

첫 출근치고는 따분한 시간이었다. 해주는 딱히 아무것도 알려주지 않았고 요한도 나서서 무얼 해야 하냐고 묻지 않았다. 어느덧 정오가 가까웠다. 해주는 독서 삼매경에 빠진 요한을 사무실 밖으로 내쫓았다.

해주는 한참을 문밖에서 서성대는 요한에게 자신의 카드를 건네며 점심시간은 한 시간이라고 통보했다.

"진짜 한 시간 먹는다고 눈치 주지 않으니 적당히 후식까지 먹어요"

해주의 권고에도 불구하고 요한은 금방 점심 식사를 끝내고 돌아왔다. 가진 현금으로 편의점 음식을 먹었다고 했다.

해주는 혀를 쯧쯧, 차면서 휴대폰과 지갑을 챙겼다.

"저는 한 시간 꽉 채우고 와요. 혹시 무슨 일 생기면 메모해놔요."

"네."

해주는 건물 밖으로 나와 커튼으로 가려진 사무실을 한 번 올려다보았다.

요한은 지금껏 해주가 고용했던 조수 중 가장 처음이 괜찮았다. 얌전하고 괜히 귀찮게 구는 일도 없고, 가장 좋은 건 존재감이 미미하다는 점이었다. 숨소리와 발소리가 어찌나 고요한지 해주는 이따금 요한이 어디에 있는지 확인했다. 요한에게 책을 읽게 한 것도 꾸준히 종이 넘기는 소리를 듣기 위해서였다. 조용해서 나쁠 건 없지만.

점심은 역 근처에 새로 생긴 멕시칸 음식점에서 과카몰리와 타코를 먹었다.

느긋하게 식사를 마치고 사무실로 돌아오자 뭐 마려운 강아지처럼 문 앞에 선 요한이 보였다.

"뭐 해요?"

"아, 그게….".

요한은 일단 들어오시라며 해주의 옷소매를 살며시 잡아끌었다.
왜 이리 곤란해하는가 싶었는데 해주가 점심을 먹는 사이에 전화가
왔다고 했다.

전화야 전화선이 연결되어 있으니 당연히 오지. 문제는 요한이 전
화 응대를 마음대로 해버렸다는 것에 있었다.

"뭐라고 했는데요?"

"잔금 육천만 원을 입금했다고 하셨는데, 금액이 좀 터무니없기
도 하고 그래서 성함을 여쭈었거든요."

"앞으로 나 없을 땐 탐정님 잠깐 외출했다고 해요. 또 뭐 별거라고."

해주는 요한의 손에 포장해온 타코를 넘겼다.

요한을 안심시키려는 게 아니라 정말 별일 아니었다. 조수를 고
용하고 나면 한 번은 꼭 이런 일을 겪었다. 요한에게 이 금액을 이
해시키려면 사무실이 돌아가는 섭리를 알려줘야 하는데 아직 거기
까지 나가긴 너무 이른 사이였다.

"그 돈이 요한 씨 월급이 될 수도 있으니까 앞으론 전화 받고 이
름은 묻지 마요."

"네…. 근데 이건 뭔가요?"

"요한 씨 점심."

사실은 타코가 일 인분 주문이 안 되어서 포장해온 것이지만, 부
실한 점심을 먹은 요한이 떠오르기도 했으니 거짓말은 아니었다.
해주는 오는 길에 사 온 커피를 마시며 인터넷 뱅킹을 확인했다.

2

올해 여름은 뒤끝이 길었다.

해주는 더위를 피하려 습자지처럼 얇은 옷을 입고 커튼을 전부 닫았다.

에어컨을 세게 틀면 너무 추웠고, 그렇다고 온도를 올리자니 또 더웠다. 해주는 의자를 뒤로 젖히고 누워 책상에 두 다리를 올렸다. 그사이로 밀대가 지나가 바닥을 닦았다.

이제는 이 부지런한 청소에도 익숙해졌다. 요한이 들어오고 나서부터 사무실에는 먼지가 쌓이는 공간이 없었다. 일감이 없는 요즘, 요한은 조수가 아니라 먼지 박멸에 큰 사명을 띤 가정부 같았다.

일감이 없는 거야 늘 그러려니 했지만, 지루함을 방어할 수단은 아직 갖추지 못했다. 해주는 몇 주간 이어진 평화에 신물이 나 있었다. 그런 면에서 요한은 참 인내심이 좋았다.

해주는 신데렐라를 괴롭히는 계모가 된 것처럼 서랍에서 먼지가 쌓인 삼단봉을 꺼내 펼쳐 바닥을 툭툭 쳤다. 여기 덜 닦였잖아, 여기.

가장 마지막으로 받았던 의뢰가 두 달 전이었으니, 이번 해 여름은 의뢰가 들어오는 텀이 길긴 했다. 의미 없는 시간을 축내는 것도 이쯤 되니 지겨웠다. 뭔가 재밌는 일이 생겼으면 좋겠다. 차라리 오프라인 사무실은 접고 온라인 의뢰만 받을까 생각하던 무렵 잠잠하던 전화가 울렸다.

책상에 쭉 뻗고 있던 다리를 내린 해주가 신호를 두 번 더 기다리고 수화기를 들었다.

"예, 예. 일단 뵙는 걸로 하죠."

해주는 문에 어깨를 끼우고 서 있는 요한에게 가까이 오라고 손짓했다.

요한은 밀대를 벽과 서랍에 비스듬히 세우고 다가왔다. 종이에 글자를 옮겨 적는 것으로 통화는 짧게 끝났다.

요한이 호기심 어린 표정으로 해주를 보고 있었다. 해주는 종이를 작게 접어 바지 주머니에 넣고 겉옷을 챙겨 일어났다. 요한은 해주에게 방해가 되지 않도록 한 걸음 옆으로 물러났다.

"이건 이따가 마무리하고, 영화 보러 가요."

"네?"

"영화 보고 바로 퇴근할 거니까, 옷이랑 다 챙겨가요."

해주는 어리둥절한 요한의 품에 가방과 휴대폰을 챙겨줬다.

여전히 상황 파악을 못 한 요한에게 의뢰를 받으러 갈 건데, 거기서 있을 거냐고 묻자 그제야 옆에 따라붙었다. 이번 의뢰인과의 접선 장소는 영화관이었다.

영화관까지는 한 시간이 걸렸다. 해주는 의뢰인이 미리 예매해둔 티켓을 발권했다. 최근 다시 재개봉한 영화였다.

고등학생이었던 시절에 인터넷에서 찾아본 기억이 났다. 20년도 훌쩍 넘긴 영화의 필름이 영사기 안에서 돌아간다는 게 신기했다. 해주는 옆에서 팝콘이나 콜라를 사야 하느냐고 묻는 요한을 끌고 상영관으로 들어갔다.

나이 제한이 걸려 있는 영화인지라 상영관 내부에는 사람이 적었다. 해주와 요한을 포함해도 관람객은 다섯을 넘지 않았다.

해주는 스크린 앞에 서서 좌석 전체를 훑었다. 좌석에는 팝콘을 들고 앉은 젊은 남자, 교복을 입고 있는 여학생과 팔짱을 끼고 졸고 있는 중년의 여성이 있었다.

해주는 교복을 입은 여학생 옆자리에 앉았다.

통로 끝에 앉은 해주의 옆에 서서 어물쩍거리던 요한은 반대편 통로 좌석에 앉았다. 얼마 지나지 않아 요한이 보낸 문자가 해주에게 도착했다.

[옆에는 의뢰인이에요?]

[그럼 여동생일까.]

옆에서 아, 하고 탄식하는 소리가 들렸다.

해주는 휴대폰을 가방에 넣었다. 배급사의 로고가 지나가고 스크린이 새카맣게 암전되었다가 서서히 밝은 화면으로 바뀌며 영화가 시작됐다.

해주는 옆자리에 앉은 여학생을 곁눈질로 살폈다. 두 주먹을 움켜쥐었다가 폈다가 부산스레 움직이던 여학생은 장면이 전환되고 시장통처럼 시끄러운 장면이 나오는 것과 동시에 불시에 들릴 듯 말듯 작은 목소리로 속삭였다.

"저 다 알고 있는데요. 둘이서 일행이라는 것도요."

그렇겠지. 애초에 같이 입장했으니 모르는 게 더 이상했다. 해주는 의뢰인에게 고개를 가까이하고 대답했다.

"왜 영화관에서 만나자고 했어요?"

해주는 여학생 쪽으로 몸을 가까이 기울이고 대답했다.

"몰래 만나고 싶어서요."

"음, 대부분 다 그렇긴 하네요."

"아시겠지만, 저 미성년자인데 의뢰를 받아준 이유가 뭐예요?"

말소리를 죽이느라 어조는 조심스러웠지만, 내용은 단어 하나 거를 것 없이 솔직했다.

해주는 별소릴 다 듣는다는 듯 코웃음을 쳤다.

"뭐든 일단 들어는 봐야 하니까. 왜요, 이상한 의뢰 할 거예요?"

반박하듯 이어진 말에 발끈한 여학생이 결백을 주장하듯 움츠리고 있던 몸을 쭉 폈다. 목소리도 조금보다 커졌다.

"전 그런 거 아니거든요?"

"아님 말아요."

여학생은 무어라 구시렁대다 말고 두 다리 사이에 세워놨던 책가방을 무릎에 올렸다.

지퍼 여는 소리가 들렸다. 곧이어 해주의 손등에 딱딱하고 차가운 플라스틱 재질의 무언가가 닿았다. 반질반질한 학생증과 올해 발급받은 주민등록증이었다.

해주는 화면이 환해지길 기다렸다가 안에 적힌 활자를 확인했다.

'김별'

다른 무엇보다 외자로 된 이름이 가장 먼저 눈에 띄었다.

해주는 휴대폰을 꺼내 신분증의 사진과 의뢰인의 얼굴을 대조했다. 본인 사진이 맞았다. 또래보다 성숙한 인상이 있어서 그런지 겉모습만 보면 교복이 마치 전문직 종사자처럼 근사하게 어울렸다. 확인을 끝낸 해주가 의뢰인에게 신분증을 돌려주었다.

"맡길 의뢰는요?"

"…엄마 좀 찾아주세요."

"가출? 실종?"

"잘 모르는데, 실종이에요. 저한테 아무 말도 안 하고 갈 리가 없으니까. 두 달 전에 말도 없이 사라졌어요."

"그렇게 믿고 찾았다가 피눈물 흘리는 경우도 많은데."

"절대, 절대 다른 이유일 리 없어요."

의뢰인은 확신에 차서 말했지만, 진짜 이유가 무언지는 찾아봐야 아는 법이었다.

해주는 의뢰인에게 내일 오전 열 시에 영화관 근처 모텔에서 다시 만나자는 약속을 잡았다. 아는 사람이 하는 모텔이라 조용히 이야기하기엔 좋은 곳이었다

"그냥 지금 다 말하면 안 돼요?"

"여긴 너무 듣는 귀가 많잖아요."

실제로 앞에 앉은 남자가 해주와 김별을 여러 번 돌아보았다.

김별은 고개를 주억거렸다. 교복을 입고 가도 되냐는 말에 마음대로 하라고 하자, 고맙다는 인사가 돌아왔다.

해주는 영화를 끝까지 보지 않고 곧장 상영관을 빠져나왔다. 새카만 영화관이 해주의 가슴을 답답하게 만들었다. 상영관 밖을 나서자 습한 더위가 느껴졌다.

화장실에 들러 손을 씻었다. 시원한 실내에 있었음에도 손바닥에 땀이 났다. 해주는 냅킨으로 물기를 닦아냈다.

[어디 가셨어요?]

휴대폰에는 요한이 보낸 문자가 도착해 있었다.

해주는 문자에 답장하지 않고 건물 옥상으로 올라갔다. 옥상에 설치된 흡연 부스에 들어가 담배에 불을 붙였다.

실제로 담배를 피우진 않았지만, 장소의 효용성을 생각하여 이따금 이렇게 불을 피워두기도 하고, 가끔은 맨손으로 앉아있기도 했다. 직사광선을 피하기 어려운 장소에서 흡연 부스는 체온 조절에 도움을 주었다. 해주는 아주 느리게 타들어 가는 담배에서 재를 탁, 털어냈다.

미성년자를 의뢰인으로 받은 것은 처음이었다. 이번 의뢰가 몇 번째더라 열 손가락을 다 접어도 모자랐다. 그중 미성년자가 한 번도 없었다는 건, 해주 본인이 생각하기에도 의외였지만.

해주의 탐정사무실이 단순히 탐정 구인 글에 올라간 적이 없다는 것과 일 년에 한 번 올릴까 말까 한 홍보를 생각하면 아주 의외는 아니기도 했다. 그냥 찾아낸 것이 신기하다면 신기할 뿐이었다. 그렇게 여기까지 떠밀려 오게 되었다면, 그건 그것대로 불쌍한 지경이라고 봐야 했다. 불쌍한 의뢰인….

장초가 삼 분의 일만큼 남았을 때 요한에게 다시 어디에 있느냐는 문자가 왔다.

아직 한창 영화가 상영 중일 시간이었다. 굳이 연락한 걸 보면 저를 따라 밖으로 나왔거나, 나오려고 하고 있거나 둘 중 하나일 것이다. 해주는 재떨이에 재를 털며 답장을 보냈다.

[집. 요한 씨도 퇴근하세요.]

요한이 우는 이모티콘을 보냈다.

해주는 문자에 답하지 않고 휴대폰의 화면을 껐다. 잠깐의 틈을 두고 두 번째 문자가 도착했다.

[저 실은 탐정님이 보여요.]

해주가 부스 밖으로 몸을 빼고 옥상 입구를 돌아보았다. 투명한 유리문 너머에 요한이 서 있었다. 해주는 거의 필터만 남은 담배를 버렸다. 보이면 그냥 오지 문자를 보내고 난리야.

멀찍이 선 요한이 휴대폰을 만지작댔다. 곧이어 세 번째 문자가 도착했다.

[그쪽으로 가도 되나요?]

[그러든가요.]

요한이 환하게 웃으며 해주에게 다가왔다. 해주는 못마땅한 표정으로 물었다.

"따라온 거예요?"

"저는 탐정님의 조수니까요. 어딜 가든 옆에 찰싹 붙어있어야 할 것 같아서…. 탐정님 여기 있는 거 알고 온 거 아녜요. 원래 영화관을 안 좋아해서 바람이나 쐴 겸. 진짜예요."

"아니면 말고."

"사실 따라왔어요."

"솔직해서 좋네."

"솔직한 거 좋아하세요?"

당연히 비꼬는 말이지. 해주는 그것도 모르냐는 눈빛으로 요한을 쳐다보았다.

요한은 앞으로 매일 솔직해야겠다면서 혼자만의 다심을 하고 있었다. 지금도 충분히 솔직하고 시키는 대로 하고 있는데 여기서 뭘 더 어떻게 하겠다는 건지. 해주가 휴, 한숨을 내쉬었다.

"요한 씨."

"네."

"좋은 말로 할 때 퇴근하세요."

***

다음 날 영화관 앞에서 다시 만난 김별은 교복이 아닌 평상복을 입고 있었다.

어제와 달리 긴장한 티가 역력했다. 계속해서 바지 주머니에 손을 넣는다거나 손가락의 거스러미를 이로 물어뜯는다거나, 빠르게 깜빡이는 눈꺼풀 따위가 의뢰인이 느끼고 있는 불안한 심정을 짐작하게 했다.

해주는 김별에게 악수를 청하고 정식으로 이름을 밝혔다.

"탐정 장해주입니다."

김별은 고개를 숙여 인사했다가 주머니에서 손을 빼 옷 위에 문지르고는 해주의 손을 잡았다.

"김별입니다."

"이름 참 예쁘네요. 누가 지어줬어요?"

"엄마요."

해주는 어제저녁 봐둔 무인텔로 김별을 안내하는 동안 친모를 주제로 대화했다.

평소 사이는 어땠는지, 사라지기 전에 징조를 보였는지를 물었을 때 김별은 절대 자길 두고 떠날 사람이 아니라고 단언하면서도 오래 고민하고 대답했다. 해주는 차라리 원인 없는 실종보다야 제 발로 나간 게 더 안심되지 않겠느냐고 물었다. 김별은 한참을 망설이다가 그럼 자신은 어떻게 해야 하느냐고 물었다.

"글쎄요. 그런 고민 하는 일 없도록 최선을 다해보긴 할게요."

해주가 먼저 미리 대실 해둔 트윈룸에 들어갔다.

김별이 쭈뼛쭈뼛 해주를 따라 들어왔다.

요한은 모텔 밖에서 수상한 움직임이 있는지를 살피기로 했다. 해주는 필요성을 느끼지 못했지만, 김별이 지나치게 불안해했다.

해주가 무슨 이유가 있는지를 물었으나 김별은 엄마가 사라진 뒤로 자꾸만 불안한 마음이 커져서 그런 것이라고 얼버무렸다. 성인을 앞둔 나이에 부모를 잃었으니, 이해 못 할 불안은 아니었다. 다만….

"바로 본론으로 들어갈까요. 실종신고는 왜 하지 않았어요?"

"신고하려고 했는데 제 말을 잘 들어주지도 않고. 사람 찾는 건 탐정한테 의뢰하는 게 빠르다고 하기도 하고…. 근데 탐정사무실은 보통 미성년자는 잘 받아주지 않으니까요. 그래서 혼자 뭐라도 알아보려고 했는데 제가 할 수 있는 일은 한정되어 있었어요. 경찰은 제대로 찾아주지도 않을 것 같고요. 처음부터 잡일 취급하잖아요? 탐정님한테 오기 전에도 여러 사람한테 의뢰하려고 했어요. 근데 다 받아주지 않았고요. 저, 저한텐 탐정님이 마지막 기회일지도 몰라요."

"탐정사무실에 의뢰하려면 돈이 필요할 텐데, 돈은 있어요?"

"네, 얼마든지 현금으로 드릴 수 있어요."

"그 돈은 누가 준비해줬어요? 엄마 돈?"

침대에 걸터앉은 해주가 묻자 김별이 잽싸게 고개를 가로저었다.

김별은 아빠가, 하고 조그맣게 웅얼거렸다.

영화관에서도 목소리를 크게 키우던 의뢰인답지 않게 소심한 모습이었다. 확실한 정보를 줄 때는 떨지 않지만, 그렇지 않을 때는 어색한 기색이 역력했다. 하지만 해주는 우선 미심쩍은 부분을 짚어내지 않고 넘겼다.

"아버지는 알아요?"

"이혼했어요. 그 돈은 저희 모녀한테 주고 간 돈이에요. 합의금."

"그럼 엄마 가족들은?"

김별이 다시 한 번 고개를 저었다. 외할머니나 외할아버지는 태어나서 한 번도 본 적 없다고 대답하는 목소리에 기운이 빠져 있었다.

가족 관련 질문은 더 해봐야 소용이 없을 것 같았다. 엄마가 사라지기 바로 전에는 마트 일을 했고, 월급을 받고 얼마 되지 않아 실종되었다고 했다. 그 이상은 아는 것이 없다면서 김별이 해주의 손을 붙들었다.

"돈은 얼마든지 드릴게요."

"선금으로 얼마까지 쓸 수 있어요?"

서늘하고 차분한 해주의 물음에 의뢰인, 김별이 더듬더듬 금액을 말했다.

삼백, 아니 오백, 아니 칠백까지요.

적어도 금액을 정해놓고 온 것은 아닌 모양이었다. 액수가 올라가는 걸 보면 칠백보다는 넉넉하게 있을 것이고 남은 금액을 계산

해서 선금을 말했을 것이다. 해주는 김별에게 선금 오백만 원을 요구했다.

"대신 잔금이 얼마가 될지는 잘 몰라요. 사건의 규모를 봐야 알 수 있으니까."

"상관없어요. 돈이라면 얼마든지 낼게요."

"얼마든지? 제가 만약 미성년자를 상대로 등쳐먹길 좋아하는 사람이면 어쩌려고요."

김별은 마른 입술에 침을 덧바르며 모텔의 사각지대를 훑었다.

반투명한 유리로 막혀 있는 화장실과 침대와 마주 본 화장대 거울까지 끈질기게 쳐다보다가 다시 해주에게 시선을 돌렸다.

해주는 아주 간단한 질문을 한 것처럼 태연했다. 김별은 상대의 눈을 피하지 않고 대답했다.

"안 그러실 거란 거 다 알아요."

"믿어주니 고맙네요. 그럼 내일 다시 만나는 걸로 할게요. 오늘은 여기까지만 하고 나갈까요? 아무래도 장소를 잘못 잡은 것 같아서요. 이유는 모르겠지만 김별 양은 감시에 너무 민감하게 반응하고 있는 것 같은데…."

해주는 어떤 대답도 기대하지 않은 것처럼 금방 앉아 있던 몸을 일으켰다.

김별은 해주보다 먼저 화장실 벽에 기대어 서서 그녀가 문을 열길 기다렸다. 마침내 해주가 문을 열었을 때, 박동하던 심장이 제 속도를 찾은 것처럼 깊은 안도감이 몰려왔다.

김별의 낮은 한숨이 해주의 귓전을 스쳤다.

해주는 저보다 두 걸음 뒤에서 따라오는 김별을 보며 말했다.

"다음에 만났을 때는 이유를 들을 수 있으면 좋겠네요."

"아까 말했잖아요. 엄마가 사라지고부터 불안해서 그런 거예요."

"김별 양 집에서 만나는 건 어때요."

"거절해봤자 별 소용없는 거죠?"

잘 알고 있네요. 해주가 웃는 듯 마는 듯 가볍게 대꾸했다. 장난인지 진심인지 알 수가 없었다.

김별이 해주의 뒷모습을 노려보고 있는 동안 해주가 닫혀 있던 주차장의 셔터를 올렸다.

입구를 지키고 앉아 있던 요한이 햇빛을 등지고 선 해주를 올려다보다가 천천히 일어났다.

요한은 두 사람이 객실에 있는 동안 바깥에서 어떤 일이 있었는지를 설명했다. 지나간 사람은 몇 명이었는지, 그중 수상해 보이는 사람이 있었는지, 기억에 남는 사람은 누구였는지.

해주는 요한이 주는 정보를 들으며 쓸 만한 것과 그렇지 않은 것으로 분류했다.

가장 요긴한 정보는 요한의 이야기에 집중하는 김별의 태도였다.

해주는 요한과 김별이 저들끼리 심각한 대화를 나누는 장면을 지켜보다 가방에서 휴대폰을 꺼냈다.

메시지 함에는 용량이 큰 첨부파일이 포함된 새로운 문자가 와 있었다. 발신인은 해주의 대학 동기인 박현우로, 해주에게 있는 유일무이한 지인이자, 친구이자, 조력자였다.

첨부파일과 함께 도착한 메시지는 이번까지만 도와주는 거야, 하는 케케묵은 협박이 달려 있었다. 해주는 그에게 답장하지 않고 두 사람의 등을 떠밀었다.

"더운데 빨리빨리 갑시다."

김별은 굳이 정류장 앞까지 데려다주겠다는 해주를 말리지 못하고 함께 버스를 기다렸다.

집으로 돌아오는 길엔 기분이 멍했다.

날씨 때문인 것 같기도 하고, 날씨와는 아무 상관없이 붕 떠있는 것 같기도 했다.

어느 쪽이든 해주가 지대한 영향을 끼쳤다는 사실은 부정할 수 없었다.

김별은 버스에서 내려 집에 도착해 시원한 물 한 잔을 마시고 소파에 드러누워 해주와의 만남을 곱씹었다.

무인텔에 가본 것은 처음이었고, 성인 여자와 단둘이 있어 본 것도 오랜만이었다.

탐정은 좀 <u>으스스</u>한 구석이 있었다. 웃을 때도, 웃는 것 같지가 않고 그 얼굴 뒤로 어떤 생각을 하고 있는지 김별은 알 수가 없었다. 괜한 트집 잡히기 전에 집을 정리해두는 게 좋을까.

"귀찮아…."

이곳저곳을 뒤지느라 난장판이 된 집을 바라보던 김별이 문득, 간과하고 있던 사실을 떠올렸다. 김별은 해주에게 집 주소를 알려주지 않았다. 그러나 해주는 김별이 어디서 버스를 타야 하는지, 몇 번을 타야 하는지를 전부 꿰고 있었다.

괜히 간담이 서늘해졌다. 김별은 누워 있던 몸을 일으켜 바닥에 나동그라져 있는 물건들을 치웠다.

해주는 사무실에 도착해 먼저 박현우에게 온 첨부파일을 확인했다.

보내준 친모의 등본 서류와 김별의 말을 대조하면 앞뒤가 맞지 않는 부분이 있었다. 본인의 입으로 직접 듣게 되면 가장 좋겠지만, 어지간하면 입을 열 것 같지 않았다.

김별은 적절한 대답이 필요한 순간마다 너무 조심스럽게 굴었다. 모텔 안에서의 대화는 의뢰인과 탐정이 아니라 범죄자와 형사를 연상케 할 정도였다. 금방 걸릴 거짓말로 급하게 알리바이를 만드는 어설픈 범죄자와 빈틈을 찾아내려는 형사.

"내일 의뢰인 집에 갈 거예요."

"사무실 안 들리고 바로 가세요?"

"네, 그리고 당연히 요한 씨도 같이 가는 거예요."

종이컵에 티백을 우려내던 요한이 비스듬히 굽히고 있던 등을 곧게 폈다.

해주를 돌아본 요한이 겸연쩍게 말했다.

"제가 가면 너무 불안해하지 않을까요."

"누가 가도 다 불안해할걸요, 의뢰인은."

"이번 일 때문에 트라우마가 생긴 건가요?"

"아뇨, 그것보다는 무서워하는 대상이 구체적이에요. 원인이 뭔진 알아봐야 하겠지만."

해주는 요한이 가져온 녹차를 단박에 들이켰다. 적당히 찬물을 탄 녹차는 먹기 좋게 미지근했다.

요한은 책장의 책을 전부 다 꺼내고 선반에 있는 먼지를 마른걸레로 닦았다. 조수 일이 아니라 청소부를 하러 왔나? 저쪽도 미심쩍고, 이쪽도 의심스럽다. 해주는 종이컵의 테두리를 이로 잘근잘근

씹었다.

김별의 의뢰는 흔하고 익숙했지만, 완전히 낯선 구석도 있었다. 도망친 배우자를 찾아달라거나, 혹은 잡아 오라는 사건은 백 개도 더 넘게 받았을 것이다. 하지만 자녀가 부모를 찾아달라고 오는 경우는 거의 드물었다.

보통 바람이 났든, 실종을 당했든, 뭐든 간에 부모에게 문제가 생기면 실종신고를 먼저 하지 탐정사무소에 찾아오진 않았다. 사건의 향방이 어떻게 될지는 좀 더 살펴봐야겠지만, 뻔하게 흘러가진 않을 모양새였다.

3

큰 호수공원을 끼고 아기자기하게 모여 있는 주택가는 척 봐도 제법 값이 나가는 집들로 보였다.

김별의 집은 개인 카페가 모여 있는 골목에 있는 빌라였다.

김별은 편한 트레이닝복을 입고 해주와 요한을 마중 나왔다. 김별의 집은 3층이었는데, 여자 둘이 살기엔 평수가 좀 넓은 듯했다.

거실 탁자에는 온갖 잡동사니가 모여 있었다. 해주는 파우치에 모아둔 기차표나, 앨범에서 떼어낸 사진을 찬찬히 살폈다.

김별은 방에서 커다란 쇼핑봉투 하나를 들고 나왔다. 증거물인가 하여 내용물을 보았더니 현금다발이었다.

"어제 선금…."

"계좌를 알려주려고 했는데. 그럴 필요가 없어졌네요."

"혹시 몰라서 돈을 빼놨었거든요. 만약 액수가 틀리면 알려주세요."

해주는 현관문에 멀뚱히 서 있는 요한에게 봉투를 내밀었다.

오백이 맞는지 세어보라고 명령하기도 전에 요한이 신발장에 봉투를 올리고 안의 내용물을 세기 시작했다. 만원과 오만 원 지폐가 엉망으로 섞여 있었다. 은행에서 받았다기엔 너덜너덜한 지폐도 보였다.

돈이야 어떤 방식으로 주든 상관없었지만, 금방 들킬 거짓말을 한다는 점이 거슬렸다.

"혹시 김별 양이 쓰는 통장을 볼 수 있을까요?"

"아, 아, 제가 통장은 없구요. 체크카드만 있어요."

"통장을 잃어버렸어요?"

"어, 네."

"이 돈은 아버지가 계좌로 넣어주신 돈이고요?"

김별은 뜸을 들이다가 고개를 끄덕였다. 해주는 알았다는 듯이 고개를 까딱였지만, 그녀가 또 거짓말을 했다는 사실을 알았다.

이 돈은 김별의 수중에서 나오지 않았을 것이다. ATM 기계로 뽑는다면 한 번에 출금할 수있는 한도가 백만 원밖에 되지 않으므로 다섯 번에 걸쳐 나누어 출금했을 텐데, 애초에 해주에게 줄 선금이 목적이라면 오만 원권과 만 원권을 섞어줄 필요는 없었다.

해주가 가느다란 눈으로 돈이 든 봉투를 노려보았다. 김별은 초지일관 어떤 비밀을 감추고 있다. 그 비밀이 대체 무얼까? 그것을 캐내기가 쉽지 않았다. 적어도 오늘 김별의 집 안에서 실마리를 찾아내는 수밖에.

김별은 테이블에 아무렇게나 놓인 사진 중 한 장을 해주에게 가까이 내밀었다. 사진 속에는 김별에게 뺨을 딱 붙이고 브이 자를 그리고 있는 여자가 있었다. 아마도 그녀의 모친일 것이다. 굉장히 젊어 보이는 외모였다. 생기 있고, 발랄하고.

김별이 저를 두고 도망갔을 리 없다고 말한 까닭을 알 것 같았다.

"이게 가장 최근 사진이에요. 저 중학교 때….."

"엄마가 젊네요."

"네에, 어릴 때 저를 낳으셨거든요."

해주는 테이블 위의 물건 중 분홍색 파우치를 거꾸로 뒤집어 털었다. 부산행 기차표가 여러 장 보였다.

이천 년도부터 이천오 년까지 매달 들른 것을 보면, 부산과 인연이 깊은 모양이었다. 이만큼 주기적으로 왕복한 걸 보면 부산을 너무 사랑하거나, 부산에 사랑하는 누군가를 두고 왔거나, 혹은 부산에서 만나야 할 중요한 사람이 있었다는 것일 테다.

그게 사람일 수도 있고, 아닐 수도 있겠지.

기차표뿐 아니라, 다양한 물건이 들어 있었다. 레트로 성향이 짙은 오래된 물건이거나, 지금은 거의 쓰이지 않는 사장된 물건 따위가 많았다. 해주는 그중에서 가장 눈에 띈 하얀색 표지의 건강보험증을 가로로 길게 펼쳤다.

"김승연….."

"제가 찾는 사람이에요. 저희 엄마."

건강보험증의 주인은 김승연으로, 생년월일을 보니 이제 막 마흔이 되었을 터였다.

김별의 나이를 생각하면 이십대 초반에 김별을 낳았을 텐데, 급여명단에는 김승연과 김별의 이름만이 위아래로 놓여 있었다.

흰 표지가 누렇게 변색 될 만큼 오래되었고, 사용한 흔적은 거의 없었다. 그보다 더 오래된 파란색 표지의 의료보험증도 있었다. 이

건 김별이 막 태어났을 때 발급받은 것이었다. 마찬가지로 서류상 가족은 김승연과 김별이 전부였다.

김별은 부모님의 이혼을 들먹였지만, 어제 해주가 박현우에게 받아본 등본 서류와 건강보험증만 봐도 김별의 친모는 애당초 결혼한 적이 없었다. 만일 혼인신고를 하지 않고 동거를 했다고 해도, 김승연의 등본 서류에는 동거인으로 등록되어 있어야 했다. 하지만 그 또한 없었다.

주민자치센터에 등록하지 않고 함께 살았다면 위장부부이거나, 애초에 김별의 말이 거짓이라는 건데. 정황상 김별이 거짓말하고 있다는 쪽에 더 확신이 갔다.

적어도 둘 중 어느 것이 사실이든, 김별이 말한 이혼은 아예 없는 사실이었다. 서류상에서 김승연은 부모님과 살았던 시절을 제외하면 서울에 올라와 늘 혼자였고, 그 뒤에 불쑥 김별이 나타난 게 전부였으니까.

"엄마 성을 쓰나 봐요?"

"아, 네…."

"엄마가 그렇게 하자고 했어요?"

"음, 제가 그렇게 하자고 했어요."

"그렇구나…."

해주는 보험증에 인쇄된 주민등록 번호가 나오도록 휴대폰으로 사진을 찍었다.

그 외에는 몇 장 쓰다가 만 일기나, 다이어리, 가계부 따위밖에 없었다.

테이블에 놓인 물건의 탐색을 끝내고 해주는 김승연의 방으로 향했다. 김별은 해주 뒤에서 계속 종알거렸다.

"여긴 별거 없어요, 제가 다 찾아봤는데…."

"그럼 제가 조금만 더 찾아볼게요."

"아, 알겠어요."

김승연의 방은 깔끔하게 정리되어 있었다. 누가 방을 치웠나요? 해주가 묻자, 거실 쪽에서 자꾸만 그녀를 기웃거리던 김별이 단서가 될 만한 증거물을 찾느라 너무 어지럽혀서 치웠다고 대답했다.

이건 꼭 증거인멸처럼 보이네요. 해주의 말에 김별이 어색하게 웃었다. 장난을 치고자 한 건 아니었는데.

"제가 또 어지럽힐 텐데 치우지 말고 내버려둬요."

괜히 용의자처럼 보이고 싶지 않으면. 목 끝까지 차오른 말을 한 번 삼킨 해주가 장롱에 손을 댔다.

편백나무 원목을 사용한 맞춤 가구였다. 장롱은 여섯 칸으로 나뉘어 한쪽 벽면을 완전히 차지하고 있었다. 여섯 칸 옷장에 꽉 찬 옷의 분류 기준은 명확했다. 계절과 같은 브랜드, 비슷한 디자인 순서였다.

해주는 옷을 전부 꺼내 바닥에 두고 요한을 불렀다.

"탐정님, 돈 액수는 맞아요."

봉투를 들고 털레털레 다가온 요한이 방바닥에 늘어진 옷가지를 밟지 않기 위해 문지방을 어중간하게 밟고 섰다. 이게 뭐예요, 묻는 듯한 표정이었다.

해주는 여름용 정장을 들어 안팎의 주머니 안감을 밖으로 빼냈다.

"이렇게 전부 확인하고 주머니에서 뭐가 나오면 알려줘요."

영수증이든, 의미 모를 단어가 적힌 종이든, 동전이든 뭐든 상관없다. 해주에게 필요한 것은 그녀가 어떤 사람이었는지를 알아내는 게 중요했다. 어린 나이에 딸을 낳고, 남편도 없이 홀로 살아온 여자가, 값비싼 집과 맞춤가구와 명품 옷을 살 수 있었던 이유에 대해서.

요한이 해주가 시키는 대로 가장 가까이의 옷을 집어 들었을 때 김별이 눈을 동그랗게 뜨고 옷을 낚아챘다.

김별은 상기된 얼굴로 해주에게 다가갔다.

해주는 차갑게 가라앉은 눈빛으로 김별을 마주 보았다. 얼핏 보면 화가 난 것처럼 보이겠지만, 김별은 긴장한 상태에 가까웠다.

"제 허락도 없이 막 뒤져도 돼요?"

"날 신뢰하지 못하겠어요? 김별 양이 준 단서만 가지고 머리 써서 문제를 풀어나가는 걸 원했으면, 탐정이 아니라 멘사 회원들을 썼어야 하는 거 아닐까요? 그게 아니면 뭐 숨기고 싶은 게 있어요?"

평소보다 나긋나긋하지만 단어에 힘을 주는 해주의 말에 김별이 주춤, 걸음을 뒤로 무르며 말했다.

"누가 그렇대요? 왜 제 허락도 없이 엄마 물건을 만지는 거예요. 기분 나빠요. 적어도 먼저 허락이라도 받으면…."

김별이 말꼬리를 흐렸다.

조금 전 자신이 한 행동을 곱씹어 생각하는 것처럼 보였다. 김별은 손에 들고 있던 옷을 바닥에 내려났다.

해주는 난데없이 화를 내다가 갑자기 기가 죽어 울적해진 김별을 지긋이 바라보았다.

"지금부터 제 조수가 김별 양의 어머니 옷을 좀 뒤질게요. 됐나요?"

"네, 네…."

"그리고 조금 있다가 김별 양의 방도 한 번 둘러볼 거고, 남은 방도 둘러볼 거고, 화장실도 보고, 기실 서랍장도 볼 거예요. 마음의 준비 해둬요.”

“알겠어요.”

바라던 대로 본인 허락을 받았으니, 해주는 김별의 손에 들린 옷을 다시 제 손으로 가져왔다.

주머니는 깨끗했다. 옷 자체도 먼지 한 톨 없이 깔끔하게 관리를 잘해두었다. 고가의 브랜드 제품은 아예 태그를 제거하지 않은 옷도 있었다. 옷뿐 아니라, 스카프나 가방 또한 비슷했다.

장롱 서랍 속에는 시계와 넥타이핀, 장신구가 팔리지 않은 상품처럼 진열되어 있었다.

김승연이 부산에 자주 가던 것과 연관이 있을지도 몰랐다. 적어도 이 집을 살 수 있었던 돈이 어디서 지급되었는지는, 요한마저도 짐작할 수 있었다. 부가세와 관세를 제외한 명품 현찰 박치기로 깨나 돈을 벌었을 것이다.

만약 그 돈이 이 집 안에 있다면, 어디에 있을까. 김별이 감추려 하는 비밀도 함께 알아낼 수 있을 것 같았다.

해주는 침대 옆 벽면에 붙은 화장대로 시선을 옮겼다.

열어도 되겠냐고 묻기도 전에 김별이 먼저 서랍을 열어 보였다. 아니나 다를까, 박스 포장된 화장품이 빽빽하게 정리되어 있었다.

김승연의 방은 꼭 잠을 자는 곳이 아니라 창고 같았다. 김별은 해주가 입을 열기도 전에 나서서 설명을 덧붙였다.

“원래 모으는 걸 좋아했어요.”

“관상용으로?”

“아마 그럴 거예요. 이유는 잘 몰라요. 저도 엄마한테 물어봤었는데 건들지 말란 대답만 들었어요."

해주는 김별의 이야기에 집중하는 척, 입고 있는 옷을 하나씩 뜯어보았다.

그렇게 고가 브랜드를 관상용으로 쌓아두기 좋아하는 사람이면 딸에게도 입힐 만한데, 김별의 옷은 평범하기 그지없었다. 좀 특이한 사람이라 치부하고 끝내기엔 꺼림칙한 구석이 있었다. 김별의 말에 의하면 마트 일을 했다고 하지 않았던가.

캐셔로 일하는 노동자가 월급을 모아 사기엔 집 안의 모든 사물이 과분했다. 하지만 전부 현물로 거래할 수 있는 상품으로 본다면 의미가 달라진다.

"이 집도 아빠가 준 돈으로 샀겠네요?"

"아마도요."

"부담스럽진 않아요?"

"그냥 그래요."

김별은 심드렁하게 대꾸하곤 침대에 걸터앉아 상아색 솜이불을 손으로 가만히 쓰다듬었다.

"엄마랑 저랑 잠은 여기서 같이 잤어요."

해주는 무의미하게 고개만 주억거렸다.

열아홉 여자애의 심경변화는 해주가 감당할 수 있는 종류의 것이 아니었다. 괜한 의심만 더해질 뿐이었다. 보통 침대 매트리스에 돈을 숨겨두는 사람들도 있지. 김별은 계속해서 엄마가 보고싶다, 이 침대를 보면 엄마가 더 보고 싶다, 하는 소리를 해댔지만 해주의 귀는 이미 막혀 있었다.

탐정님? 김별이 부르는 걸 알아차리고 해주가 아, 탄성을 질렀다.

두 사람은 공범인가? 사실은 모녀지간이 아니라….

"왜 그러세요?"

"아…. 지금은 침대 넓게 써서 좋겠네요."

해주의 머리는 바쁘게 움직이고 있었다. 누군가의 감상에 공감해 주거나, 다독여줄 시간 따위 없었다. 그래서 되는대로 대답했다.

요한이 손에 들고 있던 옷을 바닥에 툭, 떨궜다. 짧은 침묵이 세 사람 사이를 차갑게 가로질렀다.

"외롭겠어요."

다시 해주가 입을 열기 전에 요한이 재빨리 김별에게 따듯한 위로의 말을 건넸다.

김별은 요한에게 고맙다고 인사하고 먼저 방을 빠져나갔다.

해주는 오리털 베개 밑을 들춰본 후 김별을 따라나섰다.

안방의 옷 정리는 전부 요한에게 맡겨놓고 김별의 방에 들렀다.

김별의 방은 김승연의 방보다는 더 사람 사는 냄새가 났다. 어쩌면 당연한 이야기겠지만.

해주는 책상과 이어진 책장에 꽂혀 있는 자습서나, 기출문제집을 따라 시선을 올렸다. 손이 닿는 곳까지는 거의 교과서나, 문제집이 다수였고 손이 닿지 않는 칸에는 이것저것 다양한 책이 두서없이 모여 있었다.

책상 서랍에는 시험지와 다 쓴 노트가 끈으로 묶여 있었다. 가장 아래 칸에는 자물쇠가 걸려 있었는데, 김별은 순순히 열쇠를 가져와 자물쇠를 풀었다.

안은 텅 비어 있었다. 서랍에 가까이 고개를 숙인 해주가 숨을 크게 들이마셨다.

머리를 깨워주는 허브나, 페퍼민트 오일처럼 코에 찡한 반응이 왔다. 해주는 이 냄새를 아주 잘 알았다. 흔히 돈 냄새를 비유적, 추상적 개념으로 오해하는 사람들이 있다. 돈에 미친 사람들은 그런 냄새를 잘 맡는다더라, 하는 식으로 말이다. 하지만 사실 돈에는 진짜 돈에서만 나는 냄새가 있다.

위폐 감별을 위해 쓰이는 가장 단순한 방법 중 하나가 냄새인 이유도 그 때문이었다. 서랍에선 바로 그 돈 냄새가 고약하게 났다. 해주는 김별이 선금이라고 준비해 온 만 원, 오만 원의 출처가 이곳일 거라 예상했다.

돈을 현찰로 오래 보관해야 할 이유가 무엇인지 고민되었지만, 일단 아무런 티도 내지 않고 괜히 서랍 안쪽을 더듬으며 헛다리를 짚는 체했다.

"다른 방은 용도가 뭐예요?"

"엄마 옷방이랑, 손님방? 그런 거예요. 가끔 친구가 놀러 오면 거기서 같이 자고 그랬어요."

"손님방이 있을 만큼 집에 사람이 자주 드나들었어요?"

해주가 다리를 굽히고 앉아 있던 자세를 바꿔 일어나면서 물었다.

김별은 서랍을 닫고 다시 자물쇠를 걸어 잠그며 대답했다.

"사람은 둘인데 방은 많으니까. 그냥 임시로 만들어 뒀대요."

"그렇구나."

작은 옷장을 활짝 연 해주가 작은 목소리로 대답했다.

김승연과 달리 김별의 옷장은 굉장히 간소했다. 옷걸이에는 잘 다려진 여벌의 교복 블라우스와 편한 청바지, 좀 짧은 반바지, 아랫단이 넓게 퍼진 치마, 자주색 벨벳 원피스가 전부였고 한 칸짜리 서랍 속에는 속옷과 티셔츠, 면바지 따위가 뒤죽박죽 섞여 있었다.

여기서 주머니를 뒤지는 일은 별로 의미가 없을 것 같아 해주는 드레스 룸으로 자리를 옮겼다.

드레스 룸은 들어가는 입구를 제외한 세 군데 벽에 행거가 위아래로 두 줄씩 붙어 있었다. 옷 정리를 마치고 나온 요한이 드레스 룸에 고개를 기웃대자 김별은 재빨리 방 가운데 널브러진 빨랫감을 벽으로 밀쳤다.

테이프를 뜯지 않은 택배 상자도 많았는데 구두나 운동화라고 했다. 안방에 있는 옷의 외전 격인 듯했다. 가장 신경 쓰이는 점은 따로 있었다. 해주는 바닥을 발로 툭툭 건드렸다.

"이쪽만 바닥재가 다르네요."

"아, 그런가요?"

"거실이나 김별 양 방은 강마루인데 여긴 조립식 원목이네요. 이건 보통 다용도실에 많이 쓰거든요."

조립식 원목은 바닥이 쉽게 망가져서 내부 인테리어에는 잘 사용되지 않았다.

해주는 분홍색 러그 위로 솟아난 장신구와 선글라스 등이 장식되어 있을 수납장 유리를 내려다보았다. 김별이 바닥에 넓게 깔린 연분홍색 러그를 발등으로 살짝 들어 올렸다.

해주는 투명한 유리에 비치는 김별을 주시하다가 발끝으로 수납장 근처의 러그를 꾹, 밟았다. 튀어나온 부분이 있을 것이다 분명히, 여기 어딘가에.

해주의 발끝에 러그 위로 불룩 튀어나온 무언가 밟혔다. 동그란 모양인데, 손잡이일까?

해주는 러그 밖으로 나와 그것을 끝에서부터 둥글게 말았다. 김별의 얼굴이 딱딱하게 굳었다.

러그를 깊숙한 곳까지 들어 올리자, 조립식 원목이 아니라, 곤색으로 된 네모 모양의 테두리가 나타났다. 해주는 김별과 눈을 마주치다가 이내 말아 올렸던 러그를 다시 원상태로 되돌렸다.

"여긴 뭐 볼 게 없네요. 죄다 옷 아니면 상자네."

해주는 태연하게 널브러진 택배 상자 몇 개를 들어 흔들다가 이내 손님용 방으로 향했다.

바닥재는 드레스 룸과 같았다. 싱글 사이즈의 침대와 원형 테이블과 암체어, 작은 수납장으로 꾸며진 공간은 긴 시간 사람의 손을 타지 않은 흔적이 또렷했다.

수납장에 네모나게 접은 수건과 샤워 가운이 있었다. 오래 사용하지 않았는지 탈취제 냄새가 심했다. 흰 이불에는 먼지가 쌓여 있었고, 이 방 또한 바닥에 러그가 깔려 있었다.

이쯤 되니 해주도 확신할 수밖에 없었다. 집안 곳곳에 현찰을 빼돌려두었다. 하지만 가장 중요한 두 가지를 몰랐다. 누가 그랬는지, 무슨 이유로 그랬는지.

"집을 혼자 관리하기도 힘들겠어요."

"저는 거의 다니는 곳만 다니니까요."

해주는 그런 것치고 드레스 룸에선 보이기 부끄러운 옷을 구석에 밀어두는 속도가 좀 빠르지 않았나, 생각했다. 최근에 김별이 자주 드나들었던 곳은 손님 방보단 드레스 룸일 것이다.

하지만 지금 당장 김별에게 지적하고 몰아세울 마음은 없었다. 아귀가 안 맞는 단서가 너무 많아서 오히려 의심이 반감되었다.

이런 허술한 트릭을 가지고 탐정의 눈을 속이려 했다면, 그건 저를 무시하는 행위가 아니던가! 게다가 김별은 감정적 동요를 너무 많이 보였다. 해주는 '딸이 엄마를 죽이고 유산을 갈취하려 했다'는 가정에 취소 줄을 쭉쭉 그었다.

거실의 서랍장 한 칸에는 상비약이, 아래 칸에는 공구가 담겨 있었다. 바로 옆에 붙은 서랍장에는 안 쓰는 이어폰과 충전기, 테이프, 손톱깎이, 여권 등의 잡다한 물건이 즐비해 있었고 마지막 칸에는 스마트폰 전의 피쳐폰과 폴더폰이 바르게 정리되어 있었다.

김별의 나이를 감안하면 대부분이 김승연의 것일 확률이 높았다. 작은 협탁 서랍에는 20여 년 전 우편물이 쌓여 있었다. 해주는 김별에게 친모가 평소에 편집증적인 성향을 드러낸 적이 있었는지를 물었다. 김별은 아니라고 고개를 저었다.

해주가 보기엔 김승연은 개인정보가 들어간 물건들을 병적으로 모으는 것처럼 보였다. 여권이나, 사용하지 않는 운전면허증, 새로 발급 받아 쓸모가 없게 된 오래된 주민등록증, 건강 보험증, 우편물, 기차표 기타 등등. 앞의 것들이 없었더라면 휴대폰도 추억으로 모으는 사람이라고 생각할 수 있겠지만 그렇게 단순하게 생각하기엔 이 모녀는 무언가 수상했다.

"아니면 물건을 잘 못 버리는 타입인가요?"

"아니요, 필요 없으면 턱턱 버려요. 이런 걸 모으는 기준은 모르겠어요."

"그래도 뭔가 있지 않을까 싶은데."

고민에 빠진 김별이 우편물에 잠시 눈을 돌린 틈을 타 해주는 열려 있는 서랍장에서 작은 폴더폰을 손에 쥐었다.

휴대폰의 전원을 켜 확인할 수만 있다면 언제 사용했는지, 누구와 연락했는지 정도는 알 수 있겠지. 하지만 김별의 허락을 받고 가져오기엔 그녀를 설득하거나 타이르기가 귀찮았다. 해주는 허리에 손을 얹고 일어나며 바지 뒷주머니에 휴대폰을 넣었다.

작업을 마치고 나니 뒤통수가 뜨거웠다. 고개를 돌리자마자 요한과 눈이 맞았다. 요한은 잠시 뜸을 들이다가 이내 슬쩍 그녀의 눈을 피했다.

오후 네 시가 되어서야 해주는 김별의 집에서 나왔다.

이른 아침부터 다섯 시간 넘게 김별의 집을 실컷 훑었다. 그동안 얻게 된 단서는, 김별이 자신을 속이고 있다는 것과 김승연의 직업이 단순한 마트 캐셔만은 아니었을 거라는 사실, 또 김별도 친모가 무슨 일을 하는지 알고 있었으며, 친모를 도왔을지도 모른다는 반신반의한 예측.

물론 김승연이 사라진 것은 진실이고, 해주가 김별을 도와 친모를 찾아야하는 것도 사실이지만, 우선은 두 사람이 무슨 일을 벌이고 살았는지를 알아야 했다. 그렇지 않으면 이상하게 꼬여있는 실타래가 풀릴 것 같지 않았다.

이 사건의 중심에 돈이 있다면, 가장 먼저 김별에게 확실히 들어야만 했다.

해주는 배웅 나온 김별에게 가까운 시일 내에 한 번 더 방문하겠다고 통보했다.

김별은 입술을 비죽이다가 마음대로 하라고 새침하게 대답하곤 집으로 들어갔다.

해주는 성큼성큼 걸어 들어가는 김별의 뒷모습을 쳐다보았다.

김별은 해주가 자신만 이실적인 사물, 상황을 발견했다는 것을 알면서도 입을 다물었다. 본래 성격이라면 뭘 숨기고 싶어 하는 건지, 왜 숨기는 건지를 묻기 전에 의뢰를 받지 않는 것으로 끝냈겠지만 김별에겐 이유를 묻고 싶었다.

충분히 의심스러운 단서가 많았고, 그럴 만한 증거도 있었다. 하지만 그 이상으로 김별을 몰아붙이기에는 탐탁지 않았다. 지금 느끼는 감정이 주위의 도움이 절실한 미성년자를 향한 동정심인지, 지루함에 반동한 과한 호기심인지는 몰라도 자신답지 않게 너그러이 넘어가고 있다는 것만은 확실했다.

4

오후가 되자 카페 골목에 활기가 돌았다.

한적하던 아침과는 다른 모습이었다. 해주는 버스정류장에서 멍하니 건너편의 음식점을 바라보았다.

해주의 시선을 알아차린 요한이 먼저 저녁을 먹고 가지 않겠느냐고 물었다. 해주는 고개를 가로저었다. 배가 고픈 건 아니었다.

"탐정님, 좀 멍하신 거 아녜요?"

"생각하는 중이라 그래요."

"아까 길도 못 찾으시고."

"그건 여기가 좀 복잡하잖아. 요한 씨는 길눈이 밝네요."

"그러게요. 몰랐는데."

요한은 해주가 아무 생각 없이 막다른 길로 가려 할 때마다 방향을 바로 잡아주는 내비게이션 역할을 톡톡히 해냈다. 맹한가 싶으면 똑똑한 구석이 있고. 그런가 하면 맹한 구석이 있다.

지나가는 버스를 몇 대 보내며 무언가를 골똘히 생각하던 해주가 요한을 불렀다.

"서문요한 씨."

"네."

"내일 김승연이 일했다는 마트에 가봐요."

"김승연을 조사하려고요?"

"그럼 물건 사러 가려고요?"

해주가 퉁명스럽게 물었다.

요한은 생긋 웃으며 간 김에 사무실에 둘 생활용품이라도 사 올 게요. 하고 대답했다.

"그러든지, 말든지…."

"필요한 물건이라도 알려주세요."

개인 사무소를 차린 이후로 봉지 커피와 종이컵 외에는 따로 산 물건이 없었다. 사무실로 찾아오는 손님도 없고, 조수를 고용한 지도 얼마 안 됐으니 차라리 본인이 필요한 물건을 사 오는 것이 나을 것이었다.

"난 딱히 없어요. 요한 씨 필요한 거나 사요."

쇠뿔도 단김에 빼라고 해주가 가방을 뒤적거려 지갑을 꺼냈다. 지갑에서 신용카드를 꺼내 요한의 손에 쥐어주자 필요한 물건이 생각났다.

"혹시 휴대폰 충전기 옛날 거 구할 수 있음 구해와요."

"휴대폰 켜보려고요?"

해주가 고개를 끄덕였다. 눈치는 참 빨라. 설명을 덧붙이지 않아도 된다는 점은 편했다.

가져온 기기는 단종된 지 족히 15년은 훌쩍 넘은 기기였다. 의뢰인의 집 거실 서랍에는 통신 박물관에나 전시되어 있을 만한 휴대폰이 넘쳐났다.

가지고 있는 양을 고려하면 휴대폰을 자주 갈아치운 것으로 보이는데, 이유는 아직 불명확했다.

"켜질까요?"

"글쎄요."

잦은 기기 교체의 원인에는 크게는 사람, 아니면 돈이 가장 많은 비중을 차지한다.

어쩌면 두 가지 문제를 동시에 가지고 있을 수도 있다. 아니면 공기계가 필요했나? 거기까지 생각한 해주가 아, 하는 감탄사를 뱉었다.

이 휴대폰을 다 제 시기에 샀던 것이 아니라면, 공장 초기화를 의심해볼 수도 있을 것이다. 옛날 휴대폰은 싸게 먹히니까 공기계를 여러 대 준비해둔 것일지도 몰랐다.

해주는 휴대폰의 전원 버튼을 꾹 눌렀다. 잠시 기다리자 화면에 깜빡깜빡 불이 들어왔다. 이내 시간과 날짜도 정확히 오늘로 맞춰진 화면이 떴다.

액정 상단 바에는 미확인 문자 알림이 남아 있었다. 배터리가 한 칸도 남아 있지 않아 금방 꺼졌지만, 충전기만 있다면 다시 켜볼 수 있을 것이다.

"아이, 꺼졌다. 아까워라."

휴대폰 화면을 빼꼼 들여다보던 요한이 아쉬운 얼굴로 말했다.

"옛날에 썼던 충전기 사무실 이전하면서 버렸는데. 아깝다."

해주도 내심 아쉬운 마음이 들어 입맛을 다셨다.

"옛날엔 어디 있었는데요?"

"이태원."

"그렇구나…."

2년 전쯤에 이태원에서 서초로 사무실을 옮겼다. 그 전에는 천호동이었고, 그 전에는 당산동이었다. 사무실의 위치가 드러날 때마다 옮겨 다녔더니 이제 순서도 헷갈렸다.

해주는 휴대폰을 가방에 넣었다. 타야 하는 버스가 세 정거장 전을 지나고 있었다.

"탐정님, 제가 내일 꼭 구해올게요."

"중고로 파는 거 사도 되니까 부담 가질 필요는 없고요."

"그래도 탐정님이 필요하다고 말해주신 거니까요."

오버하기는…. 해주가 작게 실소했다.

사실 당장 해주에게 충전기보다 더 절실한 것은 따가운 햇볕을 전혀 막아주지 못하는 정류장을 대신할 인간 방패였다.

해주는 옆에 서 있던 요한을 제 앞으로 끌고 와 비스듬히 각도를 조정했다.

요한은 순진하게 웃으며 해주의 손에 이리저리, 종이인형처럼 휘둘렸다.

"이건 뭐예요?"

"내가 자외선에 약해서."

"제가 가려드리면 되는 거예요?"

"네."

"그럼 이렇게 가려드릴게요."

요한이 팔을 넓고 둥글게 벌렸다.

요한은 해주보다 한 뼘은 더 키가 컸고 강건한 신체를 가졌지만, 그와는 어울리지 않는 가벼움이 있었다. 해주는 한 발짝 떨어진 곳에서 허수아비처럼 선 요한에게 말했다.

"질문 목록을 보내줄게요."

요한이 네, 하고 대답했다. 해주의 시선이 유심해졌다. 조금 전 요한의 태도를 이리저리 곱씹던 해주가 검지로 요한의 턱을 찌를 듯이 가리켰다. 그래, 저 지나치게 심상한 대답이 은근히 거슬린다. 위기감이라는 게 전혀 없어 보였다.

"내일 뭘 해야 하는진 알고 있죠?"

자신도 모르게 목에 힘이 들어갔다.

강한 어조로 묻는 해주의 말에 요한은 일말의 고민 없이 안다고 대답했다.

"뭔데요."

"뒷조사요?"

"아는구나. 나는 또 설문조사라도 나가는 거라 생각하는 줄 알았네."

"에이, 알죠."

요한이 싱겁게 대꾸했다. 탁, 맥이 풀리는 말에 해주가 무언가 할 말이 있는 얼굴로 요한을 바라보다가 버스가 도착하는 것에 맞춰 자리에서 일어났다.

요한도 덩달아 타려기에 해주가 어이없다는 듯이 집까지 따라오려는 것이냐고 물었다. 요한은 뒷걸음질을 치며 아니라고 했다. 민망해하는 표정이 웃겼다.

버스에 올라 1인석 의자에 앉은 다음 해주가 요한에게 문자를 보냈다.

[퇴근이에요.]

요한의 답장은 10분 뒤에 도착했다.

[내일 봬요.]

***

다음 날 요한은 오후 두 시가 넘은 시간이 되어서야 사무실에 나타났다. 양손에는 마트 봉투가 들려 있었다. 정말 생필품이라도 사왔나.

요한은 활기차게 인사하며 사무실의 불을 켜고 닫혀 있던 커튼을 활짝 열었다. 해주는 으윽, 신음하면서 눈을 가렸다.

"탐정님 좋은 점심입니다."

"제대로 하고 왔어요?"

"다 제대로 했어요."

책상에 딱딱한 물건을 놓는 소리가 났다. 보지 않아도 무얼 가져왔는지는 알고 있었다.

해주는 눈을 가리고 있던 손을 내렸다. 투박한 검은색 충전기는 어디서 구해왔는지 너절한 모양새였다. 그리고 어제 해주가 요한에게 빌려주었던 카드도 함께 놓여 있었다.

해주는 멀티탭에 코드를 꽂은 뒤 충전기 핀을 휴대폰에 연결했다.

"마트에서 조사한 건 조금 있다가 말할까요?"

"아뇨, 지금 해요. 충전되려면 오래 기다려야 할지도 모르고. 근처에 마트는 두 곳이 있던데 어디서 알아봤어요?"

요한이 접대용 테이블에 올려둔 마트 봉투에서 머그잔 두 개와 마실 것을 꺼냈다. 유리병 포장이 되어 있는 과일 음료수와 커피였다. 간단한 간식거리도 보였다.

　"두 마트에 다 들렀어요. 김승연은 실종되기 전에 그 두 곳에서 전부 일하고 있었다고 해요. 오전, 오후반으로 나누어 교대로 출근했는데, 김승연을 잘 아는 사람은 거의 없더라고요. 그나마 알고 지내던 여자도 그렇게 친한 사이는 아니었고, 같이 점심 정도 먹는 사이였다고 해요."

　"사회성이 없는 사람인가 봐. 그래서, 뭐 더 알아낸 건 있어요?"

　"두 마트 다 김승연의 월급은 전부 현금으로 챙겨줬대요. 또 연애 문제 같은 건 전혀 없어 보였고, 그 친하게 지낸 여자 직원한테는 가끔 김별의 이야기를 했나 봐요. 자기 딸이 공부도 잘하고 똑 부러지고…."

　해주는 옷 주머니에서 볼펜을 꺼내 요한이 하는 이야기를 작은 메모지에 기록하며 물었다.

　"다른 건요?"

　"아, 그리고 김승연은 평소에 휴대폰을 안 들고 다녔다고 했어요. 첫 출근부터 그만두기 전까지 쭉 없었대요. 성실하고, 가까운 마트에서 교대 근무를 해서 급하게 필요한 일이 생겨도 그쪽에 가면 있으니까, 다른 사람들은 신경 쓰지 않았나 봐요."

　"열아홉 살 딸을 둔 엄마가 휴대폰을 안 들고 다닌다는 건 특이하네요."

　"정말 없는지, 아니면 숨긴 건지…. 더 알아보고 싶었는데 다들 모른다고 하더라고요."

"이만하면 됐어요."

요한이 가져온 정보는 몇 개 되지 않았지만, 두 모녀가 남들처럼 평범하게 살진 않았다는 증거로는 충분했다.

해주가 여태껏 빨간 불에서 벗어나지 못한 휴대폰을 잠시 곁눈질로 바라보는 동안 요한은 다른 봉투를 부스럭부스럭 뒤져 팔뚝만한 상자를 꺼냈다. 무선 청소기였다.

작은 청소기를 커피포트 옆에 세워 두는 걸 본 해주가 넌지시 물었다.

"이제 마른걸레로 먼지 닦는 건 지쳤어요?"

"이건 제 돈으로 산 거예요."

"왜요? 내 카드로 사지. 돈 벌고 싶어서 왔다면서 쓸데없는 지출로 낭비하지 마요. 난 돈 좀 아낀다고 절약이네 뭐네 하면서 호들갑떠는 거 좋아하지 않아요. 그거 값은 따로 입금해 줄게요. 계좌…."

순간 해주의 머릿속에 번뜩, 선금을 담은 봉투를 건네던 김별이 떠올랐다.

아빠가 넣어줬다는 돈이 실제로 누군가에게 들어온 건지, 아니면 그조차 전부 거짓이었는지 당장 찾아가 물어봐야 한다는 생각이 들었다.

"계좌요?"

"김별 계좌를 확인해봐야겠어요."

해주가 충전기 핀에서 김승연의 휴대폰을 분리한 뒤 가방을 챙겨 들었다.

김별이 말한 그 체크카드에 어떤 돈이 오갔는지를 확인해야 했다. 지금까지 김별이 했던 거짓말이 자신을 보호하기 위한 방어기

제인 줄 알았는데, 어쩌면 그게 아닐지도 모른다는 생각이 들었다. 요한이 급하게 겉옷을 챙겨 해주를 뒤따라왔다.

"지금이요?"

"네, 다른 것도 확인할 겸."

해주는 지난번 들렀던 김별의 집에 도착해 일방적으로 만나러 왔다는 연락을 통보했다.

다짜고짜 계좌를 보여달라고 하면 집에 없는 척할 게 뻔하니 김별이 '관심을 가질 수도 있는' 주제를 꺼내 들었다.

해주의 예상은 정확했다. 김별은 슬리퍼를 질질 끌고 나와 주위를 두리번거리다가, 해주와 요한을 집 안으로 들였다.

해주가 김별을 불러낸 명분은 의뢰인의 안전이었다. 근거는 확실했다. 김별은 밖에서 두 사람을 만날 때마다 심하게 주위를 신경 쓰고 불안해했다. 카메라나, 타인의 시선에도 민감하게 반응했다. 해주는 누군가 김별에게 사람을 붙였고 본인 또한 그 사실을 알고 있을 거라고 판단했다. 김별은 부정하지 않았다.

"뭐 하는 사람이에요?"

"저도 몰라요. 일단 올라가면 안 될까요?"

김별은 해주의 손목을 살짝 쥐고 잡아당겼다. 해주는 김별이 바라는 대로 움직여줄 생각이 없었으므로 김별의 손을 역으로 잡아 제 쪽으로 당겼다.

"아니, 김별 양을 따라다니는 사람 말고 김별 양의 엄마요."

해주는 목소리를 작게 낮추고 물었다. 김별이 '예?' 하고 되물으며 어설프게 웃었다. 알아들었으면서.

"솔직하게 얘기해야 도와줄 수 있어요."

"그냥, 평범해요…."

"평범하지 않던데요."

다소 차가운 어투에 김별의 표정이 어두워졌다. 해주는 충전해둔 휴대폰을 꺼냈다. 전원 버튼을 길게 누르고 김별에게 건네주자 김별이 떨리는 숨을 내쉬었다.

"평범해요. 같이 살았던 제가 알아요. 그리고 탐정님, 이거 도둑질이에요."

"달라면 줬을 건가요? 아직 확인 안 했어요. 도둑맞아서 억울하면 같이 경찰서에 가요. 거기서 엄마 실종 신고도 하고, 미행이 붙었으니 그것까지 얘기해버리면 되겠다. 돈은 전부 돌려줄게요. 계좌 알려줘요."

붙잡은 손이 차갑게 식었다. 맥박은 빠르게 뛰고, 눈동자를 어디에 둬야 할지 몰라 자꾸만 출입문으로 시선을 돌렸다.

해주는 김별이 더 고민할 수 있도록 대답을 기다렸다. 그동안의 거짓말을 추문할 수도 있겠지만, 이제 고작 열아홉 먹은 학생을 궁지에 몰아넣고 싶은 마음은 없었다.

얼마나 시간이 흘렀을까, 김별이 어렵사리 입을 열었다.

"집에 가서 말할래요."

"그래요."

엘리베이터를 타고 올라가는 동안 김별이 해주에게 휴대폰을 다시 돌려주었다. 궁금하지도 않고, 보기도 무섭다는 이유에서였다.

그 이유에 대해선 집에 도착하고 나서야 자세히 들을 수 있었다.

김별은 긴 시간 말을 골랐다. 잠자코 있던 요한이 자신은 빠지는 게
나을 것 같다며 일어서는 걸 해주가 붙잡았다.

"앉아서 들어요."

김별은 잠시간 두 무릎을 세워 머리를 푹 숙이고 있다가 요한을
올려다보며 말했다.

"사람 한 명 더 있고 없고 해서 못 할 말은 아니에요. 그냥, 저는
정말 엄마가 평범하다고 생각해요. 그렇지만 탐정님이 듣고 싶은
말은 이런 게 아니란 거 알아요. 엄마는 저만 한 나이에 운 좋게 돈
을 많이 벌었다고 했어요. 그때 번 돈으로 지금까지 살고 있다고 했
고요."

해주가 김별에게 물었다.

"아빠 얘기는 왜 속였어요? 김별 양의 엄마는 결혼한 적도, 이혼
한 적도 없잖아요."

그 거짓말 하나로 돈의 출처가 불분명해졌다.

김별은 작게 한숨을 내쉬었다. 아직 미성년자인 제가 수백만 원
을 현금으로 가지고 있다는 걸 알면 의뢰를 거절당할 것 같았다고
했다. 어차피 죽었는지 살았는지도 모르는 아빠나 팔아서 변명거리
를 만들면 신뢰를 받을 수 있을 줄 알았다고. 김별이 힘없이 말했다.

"그럼 그 돈은 어디서 난 거예요?"

"처음엔 저 혼자 엄마가 뭐라도 남기고 간 게 없나 해서 집을 뒤
졌거든요. 그때 엄마가 숨겨둔 현금을 찾았어요."

"그럼 그렇게 말하면 되잖아요. 김별 양은 정말 엄마가 어디에 있
는지 몰라요? 평범한 가정에는 미행 같은 게 붙지 않죠."

"저도 몰라요!"

김별이 발끈해서 소리쳤다. 눈이 빨갛게 충혈되어 있었다.

"경찰에는 신고도 못 할 만큼 과거에 큰 잘못을 저지른 건 아니에요?"

노골적으로 김승연의 탓을 하는 것 같자 김별이 답답하다는 듯 입을 벙긋거리다가 이내 제 방으로 들어가 가방을 꺼내왔다.

가방을 열어 거꾸로 털자 책과 문제집이 아니라, 통장 두 개가 떨어졌다.

"엄마가 무슨 잘못을 했는진 몰라요! 경찰에 신고 못 한 건 이것 때문이었어요."

해주가 통장을 들어 페이지를 넘겼다. 빼곡히 적혀 있는 숫자는 적게는 백만 단위부터, 많게는 천만 단위까지 찍혀 있었다.

입금자는 전부 다 다른 사람이었고, 마지막 입금은 반년 전으로 '마셜라'가 보낸 천만 원이었다.

"돈을 좀 많이 번 정도가 아니잖아요?"

보통 사람은 억 단위를 평생 보기도 힘들다던데, 김승연의 통장에는 이억 오천의 잔액이 남아 있었다. 다른 통장도 비슷한 상태였다.

입금자는 전부 가명을 사용하고 있었고, 잔액도 같았다. 두 개의 통장을 합치면 총 오억의 돈이 묶여 있는 셈이었다. 상식적으로, 미혼모가 혼자서 이 정도의 금액을 벌기란 쉽지 않다. 입출금 명세가 불규칙하고 입금자명이 특이하다는 점 또한 예사롭지 않았다.

"이 돈, 돈 때문에 엄마가 납치를 당한 거 같아요. 그리고 저를 감시하는 사람도 관련이 있지 않을까요."

김별은 누가 들을세라 작은 목소리로 속삭였다. 김별의 추론을 듣고 있던 해주가 단호하게 고개를 저었다. 해주는 감시에 대한 말을 묻지 않을 수 없었다. 불안장애가 있는 건지 정말 감시역으로 붙은 이가 있는 건지를 확인해야만 제대로 된 계획을 세울 수 있었다.

"김별 양을 감시하는 사람이 있나요?"

"그, 근거는…. 엄마가 사라지고 난 다음부터 자꾸 누가 절 쳐다보는 것 같아요. 처음엔 착각이겠지 생각했는데…. 집에 있을 땐 아무렇지도 않은데요. 집 밖으로 나가면 자꾸 누가 저를 쳐다보는 것 같아요. 시선이 느껴져요. 사람이 아무도 없는 곳에서도요. 제, 제가 이상해진 걸까요?"

"감시역이 있다면 감시역을 찾는 게 우선이니까 물어본 거예요. 그리고 납치 관련해서 말인데… 만약 엄마가 돈과 관련해서 납치되었더라면 김별 양도 지금 이 자리에 없지 않을까요. 자식의 목숨을 담보로 돈을 내놓으라고 협박하는 일은 드라마나 영화에서도 흔하잖아요."

"…그럼 탐정님은 실종이나 납치가 아니라, 엄마가 절 두고 갔다고 생각하세요?"

"글쎄요, 그건 조사를 더 해봐야 하지 않을까요."

해주는 김별이 저에게 맡긴 휴대폰을 뒤적거렸다.

아쉽게도 남은 정보는 없었다. 메시지도 광고 문자였고, 전화번호부는 전부 삭제된 상태였다. 문자가 남은 걸 보아 공장 초기화는 아닌데….

가장 최근에 사용한 휴대폰을 몇 대 가져가서 봐도 괜찮으려나.

김승연의 행적을 알아낼 수 있을 만한 방법을 골몰하던 해주가 불현듯, 주변이 고요해진 걸 느꼈다.

두 팔로 눈을 가린 김별이 숨을 꾹 참고 있었다. 한 번은 눈물을 보일 거라고 예상했지만, 여기서 울 줄은 몰랐다. 최악의 상황이 닥친 것도 아니고, 차악도 아니었다. 아직 아무 일도 벌어지지 않았으니까.

해주가 위로할 말을 찾지 못하고 김별을 지켜보는 동안 식탁에 올려진 티슈를 가져온 요한이 김별을 다독였다. 팔꿈치를 타고 흐른 눈물이 바닥에 뚝뚝 떨어졌다.

"그럼… 나는, 어떡해요."

김별은 요한이 가져온 티슈로 눈가를 닦아내며 말했다.

아직 아무 일도 벌어지지 않았다는 건 지극히 해주 혼자만의 입장이었다. 김별에겐 이미 큰 사건이 벌어졌고, 그 때문에 한창 수험을 준비해야 하는 나이에 탐정사무소를 찾았으니 조금 전 대답은 자신이 무신경했음을 인정했다.

하지만, 그래서 어떻게 해야 하냐고 물어보면 또 할 말이 없었다. 해주는 뒷머리를 헤집으며 한숨을 내쉬었다.

"김별 양이 뭘 할 필요가 없도록 힘닿는 곳까지 노력할게요. 계약서를 가져올 걸 그랬네."

해주의 말에 요한이 지금이라도 제가 가져오면 되겠냐고 물었다. 해주는 요한을 노려보며 가만히 앉아 있으라는 눈짓을 보냈다. 이럴 때 의뢰인을 잘 어르고 달래라고 있는 게 조수지.

해주는 앞으로 진행하거나, 알아야 할 사항들을 차근차근 나열했다.

"휴대폰은 전부 다 가져갈게요. 김별 양이 가진 계좌도 다 볼 거고, 이 집 명의가 누구 걸로 되어 있는지 알아야 해요. 그 통장은 가지고 있는 편이 더 나을 거예요. 누가 어떻게 김별 양을 감시하고 있는지는 저랑 조수가 알아볼 거니 걱정하지 말아요."

무엇보다 가장 중요한 건, 이 돈이 어떤 목적으로 통장에 들어왔다가 나가길 반복했는지를 알아내는 것이었다.

***

해주는 훌쩍훌쩍 우는 김별에게 기어이 협조하겠노라는 확답을 받아냈다.

앞으로 무얼 알게 되든 절대 숨기지 않고, 무슨 일이 생기든 가장 먼저 연락하라는 의미에서 요한과 번호 교환도 하게 했다.

사흘 연속으로 약속을 잡고자 했을 땐 김별은 밖에 나가는 게 무섭다고 했지만, 그 무서움의 원인을 관찰하고, 제거하려는 것이니 부담을 느끼지 말아 달라는 해주의 말에 노력해보겠다고 말했다.

휴대폰을 한 무더기 들고 집으로 가기가 아쉬워서 사무실로 걸음을 돌렸다.

요한은 무슨 일인지 묻지도 않고 함께 남아서 돕겠다고 했지만, 휴대폰을 충전하고 확인하는 일에 두 사람 모두의 힘은 필요하지 않았다.

해주는 새벽이 되도록 충전기 몇 대를 휴대폰과 연결하고 잠깐 비는 시간 동안 복사해둔 통장 내역을 훑어보았다.

김승연은 출처가 없는 자금의 입출금을 반복했다. 그렇게 빠져나간 돈은 김승연의 통장으로 돌아오지 않고, 새로운 이름을 가진 사람에게 또 다른 거액을 입금 받았다.

게다가 전부 통장을 사용하지 않고 입금된 금액이라 추적하려면 은행의 도움이 필요했지만, 당장 은행을 찾아가는 것은 불가능한 일이었다.

이런 방식은 흔히 지하경제에서 쓰이는 돈을 합법적으로 만드는 형태였다. 누구의 돈인지, 또 확실한 물증을 잡았는지, 제대로 된 근거가 서기 전까진 쉽게 움직일 수 없었다. 그 비싼 집을 누가 샀는지, 왜 휴대폰이 여러 개인지 드러난 사정에는 딱 맞는 답은 나왔지만, 답까지 가는 공식이 비어 있었다.

누가 언제 어디서 어떻게 무엇을 왜?

이중 가장 중요한 것은 당연히 '누가'였다. '누가'를 알아내기 위해선 김별에게 붙은 감시역을 조사하는 수밖에 없었다.

남의 명령을 듣고 움직이는 자들이니 조금만 머리를 쓰면 모습을 드러낼 것이다.

여자 하나도 제대로 단속하지 못한 이들이니 그들이 얼마나 대단한 능력을 지니고 있을지는 고민할 필요도 없겠지. 그쪽에서도 이쪽에서도 법을 무시하는 길로 간다면 해주의 입장은 더 편해졌다. 돈으로 싸우고자 하면 얼마든지 받아들일 수 있었다.

그녀가 독립적인 사무실을 가지고 활동하면서부터, 금전적인 위기가 단 한 번도 없던 것은 그녀의 방식이 그저 깔끔하기 때문만은 아니었다. 해주는 때에 따라선 불법적인 방법을 사용했다. 힘에는 힘으로, 머리에는 머리로. 융통성 없이 정의만 외쳐서는 제대로 일을 해결하기 어려운 세상이지 않은가.

그녀의 사무실에는 법의 보호가 필요 없는 이들이 모였다. 해주는 법보다는 그들의 부탁을 우선으로 따랐다. 필요하다면 상해를 입히거나, 살해를 덮어준다거나, 남의 돈을 몰래 빼오는 일도 서슴지 않았다. 의뢰인이 작성한 계약서 하나만 있다면 해주는 어떤 행위를 저질러도 뱀처럼 빠져나올 수 있었다.

　벼랑 끝에 몰린 사람들은 해주를 마치 신처럼 여겼다. 목표를 성취하기 위한 모든 대가는 자신들의 몫이고, 해주에겐 그 성취만을 바랐다. 그렇다고 해서 그들이 악인은 아니었다. 그냥 불쌍한 사람들일 뿐이었다.

　복잡한 사연에 얽혀 있는 김별을 도와주고 싶은 것도, 그 때문일지도 모른다고 생각했다. 아무도 도와주지 않는 약자의 입장이 얼마나 막막한지 아주 조금은 이해할 수 있었으므로.

5

오랜만에 사무실에서 연달아 야근을 자처했다.

새벽 내리 휴대폰 화면을 들여다보고 있으려니 눈이 시큰했다. 해주는 눈을 감고 고개를 높이 쳐들었다. 형광등도 켜지 않고 커튼조차 전부 닫혀 있는 사무실은 늦은 밤처럼 고요했다.

이 평화로움, 해주가 낮은 숨을 내쉬었다.

그러나 평화는 오래가지 못했다. 아홉 시가 되기 무섭게 도착한 요한 덕분에 해주는 어쩔 수 없이 기계가 내는 인위적인 불빛에서 벗어나 햇살에 강제로 노출되어야 했다.

"아악."

성실한 조수께선 사무실에 오자마자 커튼을 열고 불을 켜고 먼지가 쌓인 창틀을 탈탈 털었다. 해주는 악, 소리를 내며 눈을 가렸다.

요한은 어제와 같은 옷을 입고 있는 해주에게 커피를 타다 주며 좀 알아낸 것은 있느냐고 물었다. 해주는 손바닥으로 눈을 가린 채 고개를 저었다. 휴대폰에는 달리 남은 것이 없었다. 대신 번호를 옮긴 것이 아니라, 매번 늘 새로운 번호를 사용했다는 것만 알아냈다.

"이상하네요."

"딱 떠오르는 일 없어요?"

요한은 고개를 저었다.

"남의 돈 빨아주는 거잖아요."

"아, 그 자금세탁이요?"

"네. 근데 왜 하필 이 사람인지 모르겠네. 한두 번도 아니고, 몇 년을 했다는 건 분명 아는 사이라는 거잖아요. 이런 일 한 번 한 사람은 또 못 해요. 이런 식으로 의심스러운 돈이 드나들면 일단 사용을 막고 보니까."

"그럼 은행이 도왔을 수도 있다는 거네요?"

해주는 한 박자 늦게 네, 하고 대답했다.

은행이 도왔을 수도 있다는 생각은 해보지 않았다. 김승연은 어떤 백도 없는 젊은 여자였으니까. 그녀의 뒤를 봐주는 사람이 있다면, 가능했을지도 모른다.

"일단은, 같이 나가서 김별 양의 감시역을 찾아야 해요."

"…저, 탐정님."

"네?"

"너무 위험한 일은 아닐까요? 경찰에 신고하는 게 나을지도 모르잖아요. 왜 굳이 도우시려는 거예요? 자금세탁이면 관련된 사람들도…."

"지금 제 걱정하는 거예요?"

"아니, 저기, 네."

"나도 알아요. 그렇지만, 그냥 도와주고 싶어요."

요한은 예상치 못한 답을 들었다는 듯이 내심 놀란 얼굴을 했다.

"내가 이렇게 말하면 다들 그런 얼굴 하더라. 나는 남을 도와주는 게 잘 안 어울리는 타입이에요?"

"아 그런 건 아녜요…!"

"난 책임감 없는 어른을 정말 싫어하거든요."

해주는 픽, 웃으며 말을 덧붙였다. 문득 어떤 기억이 떠올랐다. 해주는 고개를 세차게 흔들었다.

요한은 해주의 말에 동의한다는 듯이 그렇네요, 하고 대답했다. 게다가 돈도 받았고요. 서랍장에 반으로 접어 넣은 봉투를 발견한 요한이 빙긋 웃었다.

해주는 요한을 따라 고개를 끄덕였다.

"맞아요, 돈도 받았고. 그러니까 이제 나가볼까요?"

아직 학교도 제대로 졸업하지 않은 미성년자에게 믿고 기댈 어른이 없어서 돈이라는 얄팍한 신뢰로 관계를 맺는다는 게 참 불쌍했다. 혼자 일어서는 법을 배우면 조금은 편해질 텐데. 사실 아무나 할 수 있는 일은 아니다. 그래서 도와주고 싶었다.

***

해주는 김별의 거주지 근처를 부산스럽게 움직이며 사진을 찍어 댔다.

김별의 말대로 감시역이 붙었다면 해주와 요한의 존재는 이미 알아챘을 것이다. 괜히 몸을 사리면서 활동 범위를 좁히기보단 차라리 해주 쪽에서 먼저 요란한 움직임을 보여 상대를 끌어내 보려는 작전이었다. 해주나 요한의 이상행동으로 감시역을 불러내 그 꼬리를 잡게 된다면 그들을 고용한 고용주가 누구인지를 알아내기 수월해질 터였다.

김별의 말대로 감시를 목적으로 끄나풀이 붙었다면 자신들의 존재는 이미 알고 있을 테니 몸을 사릴 필요는 없을 테고.

"생각보다 이쪽에는 인적이 드무네요."

"여기까지 오는 사람이 없는 거 아닐까요. 좀 구석이잖아요."

"너무 시끄러우면 들어와서 사는 사람이 없을 테니까."

호수와 놀이공원, 고속버스 터미널 등 인프라가 화려한 김별의 동네에는 유동 인구가 많아 골목상권이 활성화되어 있었다.

엎어지면 코 닿을 거리에 다양한 편의 시설을 두고 있긴 했으나, 주변 소음을 잘 관리하고 있는지 주택가는 한산하고 조용했다.

해주는 빌라 맞은편에 있는 카페의 야외 테라스에 자리를 잡고 앉았다.

단층 건물에 들어선 카페는 '1주일간 휴무'라는 팻말을 걸어두고 있었다.

요한은 주인의 허락도 없이 마음대로 물건을 공짜로 빌려 써도 괜찮은 것이냐고 조심스레 반응했다. 해주는 괜한 걱정은 말라고 대답했다. 카페 사장은 지금 이 자리에 없으니 여기에 파리가 앉았는지 사람이 앉았는지 몰라요, 하는 대답보다 더 확실한 근거가 있었다.

"다 지켜보고 있을 거예요."

"누가요?"

"여기 사장이."

해주는 단조롭게 대답하며 손가락으로 그늘막을 지탱하고 있는 기둥을 가리켰다.

단번에 해주의 말을 이해하지 못한 요한이 해주의 손끝을 유심히 살폈다. 나무줄기 장식이 칭칭 감긴 기둥을 자세히 들여다보자, 은밀히 숨겨진 카메라가 보였다. 해주와 요한이 그대로 카메라에 노출되고 있었다.

"시시티브예요?"

"정확히는 아이피 카메라요. 인터넷 연결해서 쓰는… 알죠?"

끝을 올려 묻는 어조에 설명하기 귀찮다는 티가 다분했다.

다행히 요한은 아이피 카메라의 개념은 알고 있었다. 기계에 내장된 칩을 확인할 필요 없이 실시간으로 확인 가능한 시시티브이? 요한이 조심스레 대답했다.

해주는 요한에게 의뢰인의 집 주변에서 이런 카메라를 처음 보느냐고 물었다.

처음 보는 건 아니었지만, 풍경처럼 인식하고 있었다. 방범 시설에 관심을 두지 않았다는 것이 더 정확했다.

"처음 보는 건 아니에요."

"처음 본다는 건 말도 안 되고요. 나도 오늘 알았어요. 기존에 있어야 하는 자리 외에도 비슷한 구역, 예를 들어 전봇대에 있는 지자체 시시티브이랑 그 뒤 골목에 있는 카메라는 둘 다 같은 곳을 찍고 있잖아요. 불필요한 전력 낭비 아녜요?"

기둥을 가리키던 손가락이 이번에는 골목과 전봇대를 향했다.

"그러네요."

"게다가 벽도 너무 깨끗해요. 시시티브이가 설치된 장소에는 안내문도 반드시 따라와야 하는 법인데, 여긴 카페 외벽에 붙인 게 전부거든요."

눈에 보이는 것만 꼽아도 김별의 주택 앞 현관, 1층의 주차장, 분리수거함이 있는 골목과 카페의 테라스, 현관 등등. 양손을 꼽아야 할 만큼 많았지만, 외벽에 붙인 안내문에는 이 근방의 방범 카메라를 전부 책임자 한 명이 관리하고 있다고 써 있었다.

해주는 시시티브이를 확인하면 뭐라도 건질 수 있지 않을까, 하는 심심한 생각을 하며 방범 카메라가 설치된 장소를 휴대폰에 담았다고 했다.

"그럼 시시티브이를 확인하면 될까요? 좋은 방법이네요."

"뭐가 좋은 방법이에요? 우리 눈에 보인다는 건 김승연 눈에도 보이고, 김승연을 찾는 사람 쪽에서도 보인다는 건데. 그럼 우리보다 그쪽에서 먼저 확인하지 않았겠어요."

"듣고 보니 그런 것 같기도⋯."

"우리가 그 사람들보다 두 달은 늦게 시작한 거니까 단순하고 쉬운 방법은 안 돼요. 시시티브이라면 아마 그쪽에서 먼저 확인했을 거예요. 그리고 이건 내 개인적인 추론인데. 이미 먼저 시도했을 거예요."

해주가 잠시 말을 멈추더니 이내 장소를 변경하자고 했다.

요한은 해주를 따라 일어났다. 김별의 빌라가 있는 주택가에서 좀 더 먼 곳으로 나가자 놀이터와 정자가 보였다. 해주는 정자에 걸터앉았다.

"아까 내가 분명 왼쪽 길로 한 번, 오른쪽 길로 한 번, 좌우로 움직였단 말이에요. 근데 그때마다 뻘긴 불이 들어온 렌즈랑 눈이 마주치는 거예요. 이상하게 카메라가 움직이는 것 같다는 생각이 들더라고요. 그래서 테라스 쪽으로 아예 자리를 옮겨봤는데….”

해주가 무슨 말을 하려는지 눈치챈 요한이 어, 하고 놀란 표정을 했다.

요한이 카메라를 발견했을 땐, 카메라는 완전히 테라스의 내부를 촬영하고 있었다. 당연히 직원의 눈이 닿기 어려운 곳을 감시하기 위해 설치된 것인 줄 알았다. 저희 두 사람을 찍고 있을 거란 생각은 하지 못했다. 빅브라더의 시대라더니….

“좀 이상하죠?”

“…시시티브이가 김별이 말하는 감시자일 수도 있다는 건가요?”

“척하면 척이네.”

해주가 단조로운 어조로 말했다. 하마터면 칭찬인지도 모르고 지나갈 뻔한 말을 냉큼 캐치한 요한이 별말씀을요, 하고 대답했다.

해주의 말이 사실이라면 갑작스레 자리를 옮긴 것도 이해가 됐다.

“어차피 한 번 만나봐야 할 사람들이긴 하지만, 일단은 그 사람들이 누군지를 알아내고 밖으로 끌어내야 하거든요. 그러려면 일방적으로 감시를 당하는 것보단 위치를 찾아내야 하는데….”

해주의 말을 듣던 요한이 아, 하는 탄성을 내뱉었다.

해주는 도중에 말이 끊긴 것이 썩 불쾌했는지 조금 전의 무덤덤한 어조와는 반대로 뭐예요? 하고 냉랭하게 물었다. 요한은 낮은 목소리로 앓는 소리를 내며 무언가를 고민하다가 말했다.

“도움이 될진 모르겠지만 아까 그 카페에서 동그라미를 봤어요.”

"동그라미?"

해주가 요한의 말을 되물었다.

요한은 동그라미에 대한 부가 설명을 대신해 해주를 김별의 주택가로 데려갔다.

"그러네. 동그라미!"

요한의 말대로였다.

동그라미 표시를 해두었다고 말했으면 좋았을 테지만, 원래 어리바리한 성격이니 그 부분은 지적하지 않고 넘어갔다.

"누가 장난으로 낙서해둔 줄 알고 넘겼는데, 아닐 수도 있으니까…."

잘했어요. 해주가 다시 영혼이라곤 일 그램도 담기지 않은 목소리로 요한을 칭찬했다.

카페 테라스를 둘러싸고 있는 원목 울타리에 사인펜으로 까맣게 그려진 작은 동그라미 표시가 있었다. 오래되었는지 손으로 아무리 문질러도 색이 묻어나지 않았다.

해주는 테라스에서 나와 현관과 지하주차장 등 카메라가 설치되어 있던 자리를 확인했다.

해주의 예상대로 동그라미 표시는 테라스뿐 아니라, 다른 구역에도 그려져 있었다.

어떤 규칙성을 찾긴 힘들었지만, 아무 의미도 없는 낙서처럼 보이진 않았다. 상가에 설치된 방범 카메라 중 세 대에는 없었고, 나머지두 대에는 같은 표시가 되어 있었다.

"그쪽에서 남긴 걸까요? 아니면 건물 관리자? 자기 물건이랑 남의 거랑 헷갈려서….."

해주는 한참을 침묵했다. 굳이 그쪽에서 카메라에 표시를 남길 필요가 있을까? 위치를 못 외웠을 리도 없고…. 사고가 도중에 턱, 막혔다.

요한에게는 쉬운 방법을 피해가라고 했지만, 가끔은 쉽게 가야 할 때도 있는 법이다. 해주는 이렇게 표식을 남겼을 때 가장 이득을 보는 사람이 누굴까, 생각했다. 그리고 이내 머릿속을 번뜩 스치는 생각에 고개를 번쩍 쳐들었다.

해주는 관리자의 번호가 적혀 있는 시시티브이 경고문을 찾아 연락했다.

관리자는 나이가 지긋한 남자였다. 처음엔 전부 다 자신이 설치했고, 헌법에 어긋나지 않는 조건으로 달았노라고 주장했지만, 해주가 설치된 카메라의 위치와 개수와 맞지 않게 경고문이 현저히 적다는 점을 지적하며 개인정보법을 들먹이자 꼬리를 내리고 실토했다.

'그, 몇 개는 다른 사람이 설치한 건데 어차피 이웃 간에 도움 되지 않겠느냐기에 내버려 뒀어요. 틀린 말은 아니잖아요.'

해주는 관리자의 말에 괜스레 목소리를 높여 이게 어떤 목적으로 쓰이는지 어떻게 아느냐고, 이웃에게 잘못을 따져야겠으니 번호를 알려달라고 했다.

관리자는 망설이다가 번호는 몇 년 전에 바뀌어서 모르고 주소만 알고 있노라고 대답했다. 돈도 밀리지 않고 꼬박꼬박 내는데다, 집 주소까지 밝혔으니 의심 없이 조건을 받아들인 모양이었다.

"뭐래요?"

통화를 끝낸 해주에게 요한이 다가왔다.

"번호는 모르고, 집 주소를 알아냈어요. 예상한 대로라고 해야 할지, 아무튼 이 부근에선 김별네 집 회선을 끌어다 쓰고 있는가 보더라고요."

"김승연이 설치한 건가요?"

"김승연이 설치한다고 득 될 게 있나요? 의심만 더 살 텐데요."

"그럼….."

"여기에 카메라를 깔아서 편할 사람이 누가 있겠어요. 계좌도 턴 마당에 집 주소쯤이야."

그래도 김승연은 나름 영악한 방법을 사용했다.

어떤 카메라가 저희 모녀를 감시하고 있는지 표기를 해두지 않았는가.

인터넷 연결이 필요한 아이피 카메라의 특성상, 회선을 대주고 있는 김승연의 집에서 모뎀을 꺼둔다면 먹통이 될 것이다. 아마 동그라미 표시는 그 점을 이용해 작업해놓았을 가능성이 컸다.

"이 동그라미는 김승연이 해놓은 표시예요."

"왜 여기다 표시를 해놨을까요?"

"일단, 따라가 보면 답이 나오지 않을까요."

"무슨 동화 같아요."

"동화 같은 소리."

동심이라곤 돌이 지나기도 전에 잃어버린 것 같은 해주의 시니컬한 반응에 요한이 멋쩍게 웃었다.

김승연이 남긴 표시는 빈화가까지 이어져 있었다.

김별의 집까지는 걸어서 30분 남짓한 거리였다.

집과는 제법 멀어졌으니, 회선을 끌어다 쓸 수 있는 장소는 아닐 것이다. 하지만 표시가 남아 있는 건물에 달린 카메라가 전부 그들의 소유물은 아닐 테니, 김승연이 이 흔적을 남긴 다른 이유를 찾아야 했다.

가장 마지막으로 찾아낸 표식은 도로변에 있는 고층 건물이었다. 해주는 20층 높이의 건물을 올려다보며 신음을 내뱉었다.

"외뢰인에겐 말 안 해요?"

"아직은요."

"아직은?"

"알쏭달쏭한 부분이 있는데, 의뢰인이 그걸 해결하는 데 큰 열쇠가 될 수도 있거든요."

요한은 해주가 말하는 알쏭달쏭한 부분이라는 것이 무언지 잘 모르겠지만, 좋은 작전이 있겠거니 생각했다.

그 뒤로 해주는 한참 동안 건물 앞을 서성이다가 요한에게 오늘은 여기까지만 하고 퇴근하자고 통보했다.

의뢰인에겐 내가 개인적으로 연락을 취할 거예요. 해주는 혹시나 요한이 김별에게 말하기라도 할까 단단히 일러두었다. 요한은 약간 떨떠름해 보이긴 했지만 언제나 그랬던 것처럼 고분고분 대답했다.

6

장해주에게 나흘 만에 연락이 왔다.

아니지, 어제도 집 근처까지 왔다는 이야기는 들었으므로 이틀 만에 만날 약속을 잡았다는 편이 맞을 것이다.

문자가 아니라 전화가 와서, 조금 긴장했던 것도 같았다. 별에게 해주는 무섭고, 좀 싫으면서도 의지가 되는 이상한 어른이었다.

중요하게 확인할 것이 있으니 오후 다섯 시까지 알려준 주소로 나오라는 해주의 목소리는 여느 때와 같이 무심하고 차가웠다.

별은 해주에게 알겠노라고 대답한 뒤 혹시 장소를 문자로 보내줄 수 있느냐고 물었지만, 해주는 차라리 지금 받아 적으라고 대꾸했다.

자신에게 관심이라곤 요만큼도 없는 담임선생님과 통화하는 기분이었다. 김별은 시무룩한 목소리로 알겠다고 대답했다. 집에서 그다지 멀지 않은 곳이었다.

왜 나가야 하느냐고 물어봐야 어차피 대답해줄 것 같지 않았으므로, 데리러 와 줄 것이냐고만 물었다. 물어보고 나서야 너무 어린애 같은 질문을 한 것 같아 부끄러웠다.

'아니, 오늘은 혼자 나와요.'

물론 부끄러움과 해주의 친절은 별개의 문제였다.

해주와의 짧은 통화가 끝나자 집 안이 조용해졌다. 엄마와 함께 살 때도 크게 소란스럽진 않았지만, 자신이 말하지 않으면, 숨을 잠깐이라도 참고 있으면 섬뜩할 만큼의 고요가 집 안에 가라앉는 건 무서웠다.

별은 코를 훌쩍이면서 거실에 널브러진 물건들을 차곡차곡 정리했다.

나가는 건 무섭고, 얌전히 있는 것도 썩 즐겁지만은 않아서 해주가 온 이후로 별의 취미는 집안 곳곳을 뒤지는 것이 되었다.

집에 있는 물건은 자신이 전부 다 안다고 생각했다. 엄마는 비밀이 많지만, 저에겐 숨길 수 없다고 착각하고 살았다. 그 결과, 엄마가 감쪽같이 사라졌는데도 제대로 아는 정보 하나가 없는 딸이 되었다.

엄마의 방과 자신의 방과 바닥, 찬장, 다용도실, 손님방, 옷방 전부 다 하나씩 뒤지고 있으니 그 전까진 발견하지 못했던 것들이 눈에 들어왔다.

"어차피 나도 만나서 알려줄 거 있었으니까."

별은 손바닥만 한 크기의 보라색 다이어리를 펼쳤다. 어제 저녁 집 안을 뒤지다가 얻게 된 최고의 수확이었다.

다이어리에는 친모가 다달이 벌었던 돈을 기록한 흔적이 남아 있었다. 물론 이것만 봐서는 그다지 도움 될 건 없어 보였지만, 단순히 얼마를 벌었고 얼마를 썼는지 따위의 사소한 메모는 아니었다.

다이어리의 마지막 페이지는 비상연락망이었다. 가족도, 친구도, 배우자도 없이 삭막하게 살아온 엄마에겐 비상연락망에 쓰인 번호라곤 김별의 번호가 끝이었다.

그리고 자신의 번호 옆에는 '6885'라는 숫자가 쓰여있었다. 마치 무언가의 비밀번호처럼 보이는 숫자였다.

별은 스마트폰 메모장에다 다이어리에 있는 활자 그대로를 써놓고, 사진까지 찍어 저장해놓았다. 그리고 가방 속에 다이어리를 넣었다. 이건 해주에게 증거물로 제출해야 할 물건이었으니까.

별은 다이어리를 가방 속에 넣었다가 다시 꺼내보았다. 역시 무슨 말인지 모르겠다.

"이런 이상한 숫자나 써놓고…."

처음엔 엄마를 찾을 수만 있다면 전부 용서할 것 같았는데, 지금은 도대체 왜 저를 두고 갔는지를 물어보고 싶었다. 통장에 있는 돈은 뭔지, 당신의 딸이 이상한 사람과 엮이는 건 하나도 중요하지 않았는지.

곱씹을수록 분하고, 억울한 마음이 치솟았다. 별은 바닥에 있는 물건들이 마치 엄마라도 되는 양 노려보다가 한숨을 내쉬었다.

그때 별의 눈에 흰 영수증이 보였다. 4년 전 택시에서 받았던 현금 영수증이었다.

날짜만 확인했을 뿐인데 그날의 기억이 떠올랐다. 별이 처음으로 제주도에 수학여행을 가던 날이었다. 아주 늦잠을 자는 바람에 비행기 시간을 놓치기 일보 직전이었고 별은 아쉽지만 제 잘못이니 어쩔 수 없다고 받아들이려 했다. 그때 별의 엄마가 왜 포기를 하냐

면시 별의 짐가방을 한 손에 들고 밖으로 뛰쳐나갔다. 김포공항까지 택시를 타고 가는 동안에도 그녀는 별에게 만일 이번에 비행기를 놓쳐서 제주도에 못 가게 된다면 꼭 다음에 엄마와 함께 가자고 약속했었다. 다행히 비행기를 놓치지 않았다. 택시기사에게 더블, 더블, 하고 외치던 목소리가 어디선가 들려오는 기분이었다.

별은 눈물이 차오른 눈가를 손등으로 닦아냈다. 엄마가 자신을 떠났다는 사실을 아직도 받아들일 수가 없었다.

약속한 다섯 시보다 30분이나 이르게 집을 나섰다.

집에 있어 봤자 생각만 많아지고 우울해지기만 하니, 해주와 약속이 있을 땐 조금 이르게 나갔다.

별은 친구와 문자를 하는 시늉을 하면서 골목을 빠져나왔다. 사실 엄마 일이 있고 나서 학교 친구들과 거의 연락이 두절되었다. 다른 사람에게 연락할 정신이 없기도 했고, 별이 먼저 연락할 친구도 없었으며 먼저 연락이 오는 사람도 없었다.

'요즘 뭐해?' 하고 묻는 문자에 구구절절 대답하기가 무서워서 아무 일도 없어, 하고 대답하면 다들 그렇구나, 하고 말았다.

이렇게 보니 저나, 제 친모나 비슷했다. 사람도 잘 안 사귀고, 만나지도 않고, 학교는 성실하게 다녔지만, 자신이 처한 상황을 털어놓을 만큼 깊은 친구는 없었다.

그래도 돌아갈 학교가 있다는 건 다행인가?

"맞아, 그건 다행이다. 천만다행이다."

별은 나쁜 생각은 최대한 하지 않으려 애쓰면서 다이어리에 쓰인 내용을 떠올렸다.

좀체 알아보기 쉽지 않은 암호를 생각하면 뭐라도 알아낸 것 같아 마음이 살짝, 들뜨기도 했다. 마냥 긍정적인 상상만 해선 안 될 노릇이라는 걸 알았지만, 이러지 않으면 나쁜 생각만 떠올랐다. 혼자 있으면 생각할 시간이 늘어나니까 어찌 보면 당연한 일이었다. 차라리 빨리 탐정을 만나고 싶다. 별은 해주와 약속한 장소로 뛰다시피 걸었다.

10분 먼저 도착한 별이 빌딩 앞마당에 조성된 작은 화단 근처를 서성이며 해주에게 도착했다는 문자를 보냈다.

앞쪽 벤치에 앉으려는데, 곧바로 메시지 옆의 1이 사라지더니 돌연 전화가 왔다.

걸음을 멈추고 휴대폰 액정에 뜬 해주의 이름을 바라보던 별이 가방을 앞으로 끌어안고 의자에 앉았다.

"여보세요?"

[김별 양, 지금부터 왜 갑자기 전화를 하나, 이게 무슨 소리인가 싶어도 절대 걸음을 멈추지 말고 제가 지시하는 방향으로 걸어가세요. 대답이랑 질문은 일이 끝난 뒤에 들을게요. 지금 김별 양은 태성 빌딩을 등지고 앉아 있어요.]

"네?"

[묻는 말이 아니라, 김별 양이 이러한 상황에 있다는 걸 알려주는 거예요. 일어나서 걸어요. 사거리 표지판을 보면 잠실역 방향이 보일 거예요. 일단 그 방향으로 쭉 걸어요. 걸음은 빨리해야 좋을 거예요. 오늘은 김별 양의 뒤를 봐줄 수 없으니까요.]

별은 벌떡 일어나 시키는 대로 성큼성큼 앞으로 걷기 시작했다.

사실 해수가 하는 말의 설반은 알아듣지 못했지만, 다행히 앞으로 걸어가라고 명령한 것은 제대로 알아들었다.

　해주는 네, 그렇게 앞으로 쭉, 가면 돼요, 하고 말했다. 자신을 어디선가 지켜보고 있는 게 분명했다. 굳이 나타나지 않는 것은 다른 이유가 있겠지. 그 이유를 지금 듣긴 힘들 것 같지만, 우선 해주의 말을 따르기로 결심했다.

　"거기까지… 가서 뭐 하는데요?"

　[숨바꼭질을 한다고 생각해요. 사람들 틈에 숨어서 이리 갔다가, 저리 갔다가, 지하철은 복잡하니까 여러 번 갈아탈 수도 있겠지요?]

　"술래가 누군데요, 탐정님? 저를 뒤쫓아 오겠다는 소리예요?"

　[아뇨, 술래는… 그동안 김별 양을 지켜보던 사람들이 될 거예요.]

　상상도 못 한 해주의 말에 별이 경악했다. 별이 어딜 나가면 꼭 누군가의 시선을 느끼긴 했지만, 대놓고 술래잡기를 한 적은 없었다. 왜냐하면 그들이 그렇게까지 따라오지 않았기 때문이라고 생각했다.

　[빨리 뛰어야 해요. 도망가는 토끼처럼.]

　"그 사람들은 사냥꾼이고요…?"

　[사냥꾼은 저예요. 걱정 말아요. 걔들은 풀어놓은 개 같은 거니까. 물리지만 않으면 돼요. 김별 양에게 붙은 감시역은 두 명이에요. 대략적인 인상착의는 두 사람 다 170 중반대 키에, 한 남자는 눈썹 근처에 물결 모양 문신을 했고요, 다른 한 남자는 줄이 달린 안경을 쓰고 있어요.]

　"마, 만약 잡히기라도 하면요?"

　[만일 잡히는 일이 있어도 반항하지 말고 얌전히 끌려가야 해요. 어차피 그 사람들은 김별 양을 절대 해칠 수 없거든요.]

묘하게 확신이 느껴지는 해주의 목소리에 별이 알았어요, 하고 대답했다.

잠실역까지는 오백 미터가 남아 있었다.

별은 가볍게 발을 구르며 달리기 시작했다. 무섭고 겁이 났지만, 이 다이어리를 지키겠다는 일념으로 뛰자 어떻게 도망을 다니지, 하던 마음이 어디로 도망을 가지, 하는 긍정적인 생각으로 바뀌었다.

해주는 일이 생겨도 얌전히 그들을 따라가되, 공공장소를 절대 벗어나지 말라고 별에게 거듭 일러두었다.

통화를 끊자 그제야 이게 무슨 상황이지, 하는 의문이 들었다. 물어보기 너무 늦었으니, 일단 달리고 봐야겠지만.

해주의 말대로 일이 끝나면 대답과 질문을 들을 수 있을 테니 우선은 그녀가 지시한 대로 달렸다. 일단 달리다 보면 뭐라도 생각이 나겠지, 싶었다.

김별과 통화를 끝낸 해주가 태성빌딩 근처에 대놓은 차에서 내렸다.

조금 전 남자 두 사람이 건물 밖으로 나와 김별이 움직였던 방향으로 달려갔다. 김별에게 붙은 감시역들이었다.

해주가 감시 카메라를 바탕으로 박현우에게 뻔뻔하게 부탁하여 나흘간 조사한 결과, 그들은 김별의 집에서 머지않은 위치에 있는 태성빌딩 4층에 사무실을 두고 있었다.

겉보기엔 단순한 사업장처럼 보이지만, 품목도 제대로 정해져 있지 않았다. 실질적으로 등록된 대표는 한 사람이었는데, 지난 이틀 동안 관찰한 결과 해주가 알아볼 만큼 자주 들락거린 인물은 대표가 아닌 나른 남자 둘이있다.

대표로 등록된 이가 바로 감시역과 보스의 가운데서 말을 전달하는 중간책일 것이다. 해주가 만나야 하는 사람은 그였다.

하지만 남자 셋을 이기는 것은 상식적으로 불가능했다. 불가피하게 의뢰인을 이용하게 된 것이 아주 약간, 마음에 걸렸지만, 어차피 가만히 있어 봐야 변하는 건 없을 터이니 뭐든지 시도해야만 했다. 그러니 김별을 미끼로 감시역 둘을 내보내고 혼자 남은 남자를 급습한다. 이것이 해주의 작전이었다.

회사 대표로 이름을 올리고 있을 만큼의 권력이 있는 자이니, 아무것도 모른다고 잡아뗄 수는 없을 것이다. 해주는 남자들이 완전히 시야 밖으로 사라진 뒤에 멀뚱멀뚱 앉아 있는 요한을 손으로 툭, 쳤다.

"뭐해요. 일어나."

"탐정님 근데….""

근데는 무슨 근데. 시간 없어요. 먼저 차에서 내린 해주가 요한의 손을 붙잡아 차 밖으로 끌어냈다.

억지로 끌려 나온 요한이 건물 입구로 척척 걸어가는 해주의 손을 붙잡아 멈추게 했다.

해주는 짜증이 난 얼굴로 요한을 째려보았다. 하지만 정말 그 전에 알아야 하는 사항이 있었으므로 어쩔 수 없었다.

"가서 어떻게 해요?"

해주가 다시 고개를 돌리고 손에 힘을 주었다. 일단 따라오라는 뜻이었다.

요한은 가면 뭐라도 알려주겠지, 불안한 마음으로 해주를 뒤따라갔다.

'TQ security'

해주는 엘레베이터 앞에 커다랗게 붙어진 층 안내 표지판을 보며 코웃음을 쳤다. 서큐리티? 서큐리티긴 하지.

4층에는 임대, 매매로 나온 빈 상가들이 많았다. TQ 서큐러티는 유일하게 문을 열고 있는 사업장이었다.

해주는 검은색 시트지로 내부를 완벽하게 가린 사무실 자동문 앞에 섰다.

요한은 작은 목소리로 지치지 않고 작전이 무어냐, 계획이 무어냐 물어댔다. 해주는 그런 요한을 가만히 올려다보았다. 요한은 살며시 미소를 머금은 얼굴로 해주를 바라보았다.

기이한 침묵이 둘 사이를 바람처럼 헤집었다. 먼저 행동을 보인 이는 해주였다. 그녀는 뒤에서 요한을 들이박았다.

졸지에 자동문 버튼을 누른 요한이 사무실 안으로 뛰어들었다.

아니! 어이가 없어 돌아보았지만, 해주는 이미 시야 밖으로 사라지고 없었다.

설명이 부족해. 이 여자는 설명이 부족해도 너무 부족하다. 적진에 조수를 쏠랑 던져놓는 탐정이 어디 있나. 하지만 가만히 생각하면, 모든 탐정 수사물에서 몸을 쓰는 일은 대개 조수가 도맡아 하곤 했다.

주로… 미끼?

요한은 상태가 엉망인 사무실을 지나 블라인드로 가려진 유리문 너머의 남자에게 향했다.

정확히 그의 얼굴은 보이지 않았지만, 고상하게 서류를 넘겨보는 것으로 보아 해주가 말한 중간책인 것 같았다.

요한은 여전히 자신을 알아채지 못한 남자의 뒷모습을 불안하게 바라보다가, 한숨을 폭 내쉬었다.

해주가 자신을 이곳에 떠민 이유가 정말 미끼가 필요했던 것이라면, 요한이 해야 할 일은 하나였다.

"뭐야?"

요한은 유리문을 벌컥 열고 들어가 남자의 멱살을 쥐었다.

뭐냐고 물어도, 대답할 말이 없었다. 요한은 냅다 주먹을 날렸다.

해주의 의중을 정확하게 파악하긴 어려웠지만, 대략적인 내용은 눈치채고 있었다. 일단 힘을 빼놓은 뒤에 다음을 생각하자.

남자는 갑작스런 요한의 공격에 얻어맞은 머리를 흔들고는 자리에서 벌떡 일어섰다.

눈살을 찌푸렸다가 이내 요한을 알아보았다는 듯이 입술을 짐승처럼 씰룩였다.

"그 여자애가 너 혼자 보냈니?"

그는 아주 단정한 용모를 가진 삼십 대 남자였다. 좋은 정장을 입고 있었고, 손목에 찬 시계도 고가였으며 구두 또한 매일 관리를 받는 것처럼 윤기가 흘렀다.

요한은 해주가 찾는 사람이 부디 이 남자이기를 빌며 주먹을 내질렀다. 남자는 그렇게 해서야 어디 맞아주겠냐고 비아냥거렸다.

요한은 입을 꾹 닫고 무작정 남자에게 덤벼들었다. 그래야만 한다. 어차피 해주도 승패를 가리길 원해서 저를 들여보낸 것은 아닐 터였다.

와장창, 사무실 책상에 올라와 있던 유리잔을 집어 던진 남자가 인상을 찌푸리며 넘어진 요한에게 다가왔다. 무슨 용기로 혼자서 여기까지 왔는지는 모르겠지만….

요한은 폼을 잡고 말을 시작하려는 남자의 다리를 잡아당겼다. 이마가 뜨거웠다. 정확히는 위에서 아래로 흐르는 뜨거움이었다. 요한은 이마에 흐르는 피를 손등으로 닦아냈다.

"아니. 이건 개인적인 원한이다, 이 변태 새끼야."

7

 기세 좋게 달려든 것까진 좋았지만, 그 뒤로는 말도 못 하게 얻어
맞았다.

 남자는 한때 조폭질에 발을 담갔던 모양인지, 거침없이 요한을
구둣발로 걷어찼다.

 요한이 할 수 있는 거라곤 비척비척 버티며 일어나는 것뿐이었다.
때리는 사람이 먼저 지치도록 말이다.

 제풀에 지친 남자가 입안에서 터진 피를 바닥에 뱉어내는 요한을
보며 살려 줄 때 꺼지라고 나가라는 손짓을 했다.

 "꺼지는 김에 네 상사한테도 적당히 나대라고 귀띔해주고."

 요한은 아무 말 없이 시체처럼 벽에 기대어 앉아 있던 몸을 일으
켰다.

 요한이 싸움으로 남자를 이길 순 없었으나, 다행히 맷집은 강했
다. 부득불 달려드는 요한에게 네가 의뢰인의 애인이라도 되느냐는

말까지 들었다. 10분, 20분, 요한이 남자에게 덤벼든 시간이 두 자리를 넘어갈 무렵 탁탁, 누군가의 발소리가 들렸다. 요한은 남자를 붙들고 있던 손에 힘을 주었다.

활짝 열려 있는 유리문 안으로 불쑥 들어온 해주가 가방 속에서 펜처럼 보이는 작은 물건을 꺼내 들었다.

요한도 남자도 그 물건의 정체가 무언지 파악하는 데 오랜 시간이 걸리지 않았다. 바늘 마개를 툭, 뽑은 해주가 오만상을 쓰고 있는 남자에게 다가가 투박한 손길로 주사기를 놓았다.

아니, 꽂았다고 하는 편이 옳을 것이다.

고함을 지르며 허우적대는 남자를 두고 해주가 요한에게 손을 뻗었다.

"지하에 있는 노래방으로 갈 거예요. 같이 옮겨야 하니까 얼른 일어나요."

남자는 혼자 발광을 해대는 것 같았는데, 어느새 앞으로 고꾸라져 쓰러진 채 꼼짝도 않았다.

"저도 다쳤는데…."

요한이 작게 투정을 부려보았지만, 해주는 '그래서 어쩌라고' 하는 듯한 표정으로 요한을 바라보았다. 요한은 아주 낮은 숨을 내쉬곤 해주의 손을 잡았다.

지하 1층에 있는 노래방에는 아직 저녁이 되지 않은 시간임에도 대부분 방이 꽉 차 있었다. 해주는 개중에 남은 가장 넓은 방을 달라고 요구한 뒤 기절한 남자를 곤란한 눈빛으로 보며 친구가 많이 취해서요, 하고 말을 덧붙였다.

머리가 숙취에서 깨어나듯 지끈지끈 아파 왔다.

몸은 마치 무언가에 묶여 있는 것처럼 답답하고, 속은 울렁거렸다. 눈을 뜨는 것도 어렵고, 입안은 바짝 말라 차가운 물을 한 잔 마시고픈 욕망이 들었다.

그렇게 하고 싶으면 하면 되는걸. 윤해경은 그제야 자신이 있는 공간이 그의 사무실이 아니라는 것을 깨달았다. 시끄러운 소리가 자꾸만 귓전을 때렸다.

"시끄… 러워…."

어렵사리 입을 연 윤해경이 점차 또렷해지는 시야에 몸을 들썩였다.

무슨 노래를 부르고 있는 것 같기도 한데, 쓰러지기 직전의 상황을 제외하곤 전혀 기억나지 않았다.

윤해경이 지금 이 상황에서 알 수 있는 것은 자신의 몸이 아주 단단히 끈에 묶여 있다는 것과 저에게 죽어라 맞았던 남자가 문을 가로막고 서 있다는 것과 노래를 부르는 여자의 정체가 요즘 감시하고 있는 꼬맹이가 고용한 탐정이라는 것.

윤해경은 팔과 몸통에 감긴 끈을 풀어내려 꿈지럭거렸다.

묶여 있는 몸을 푸는 데 정신을 쏟느라 어느 순간 시끄럽게 방을 울리던 노래방 반주가 멈추었다는 걸 인지하지 못했다.

"세 시간이나 주무셨어요. 아세요?"

마이크의 전원을 끈 해주가 의자에 모로 누워 있는 윤해경을 내려다보며 말했다.

고함을 내지르고 싶었으나 뜻대로 되지 않았다. 해주는 남자의 앞에 서서 말을 이었다.

"지금부터 묻는 말에 대답해요. 빠르면 빠를수록 좋아요."

"당신 뭐야!"

윤해경은 가뭄이 든 땅처럼 갈라진 목소리로 대답했다. 해주는 기름하게 뜬 눈으로 그를 쳐다보았다. 해주의 손에는 윤해경의 신분증이 들려 있었다.

"어차피 내가 누군진 별로 중요하지 않을 거예요. 당신은 김승연과 김별의 감시 역할을 한 사람이고, 저는 그런 윤해경 씨에게 정보를 얻어내기 위해 온 거니까. 윤해경 씨가 대답만 잘 한다면 아무 탈 없이 원만한 대화를 나눌 수도 있을 거예요. 그렇죠?"

노래방에 달린 화려한 미러볼이 해주의 무표정한 얼굴을 환하게 비추었다가, 빨갛게, 파랗게 물들였다.

해주는 요한을 시켜 윤해경을 일으켜 세워 앉게 했다. 윤해경은 눈을 희번덕거리며 해주를 노려보았다. 쉽게 입을 열지 않겠다는 의지가 엿보였다.

"김승연은 무슨 일을 했나요?"

윤해경은 대답하지 않았다. 외려 해주를 보며 비죽비죽 웃어대며 말했다.

"죽으려고 환장을 했네…."

"누군가의 돈세탁을 도와줬을 거라는 건 추론이 가능했어요. 그렇다면 김승연은 왜 이런 일에 뛰어들게 된 거죠?"

윤해경은 이따금 위협적인 발언으로 해주에게 겁을 주려는 것 외엔 입도 벙긋하지 않았다.

해주는 답답하다는 듯 한숨을 푹 내쉬었다. 백날 물어봐라, 내가 대답을 해주는지. 윤해경은 이제 좀 목이 풀렸는지 비아냥대는 어조로 밀했다. 그는 이 직장에 몸을 담고 지낸 지 10년을 훌쩍 넘긴 베테랑이었다.

"내가 여기서 입을 열 거였으면 난 진즉 죽었어."

"오늘 여기서 입을 안 열면 강시연과 윤지혜가 위험해질 텐데요. 부친을 일찍 여의었지만, 모친은 아직 살아있는 걸 보면 효자이신 가 봐요. 적당한 직장이 있다고 가족을 속이고 다녔나?"

윤해경의 낯빛에 당황스러움이 서렸지만, 그는 이내 아무 일도 없다는 듯 입꼬리를 비죽 올려 웃었다.

"우리 가족도 다 알아?"

"네, 그런가 보더라고요. 제 친구가 그쪽 집에 잠깐 들렀거든요."

해주의 뻔뻔한 말에 윤해경이 놀란 눈으로 고개를 치켜들었다.

해주는 간단히 알아낸 윤해경의 집 주소와 그가 부양하고 있는 가족들의 이름, 나이, 학교, 직장, 휴대폰 번호 등의 개인정보를 읊었다.

"제가 원래 사람 찾는 일을 전문으로 하거든요. 그래서 김승연도 죽어라 찾고 있는데, 도움이 필요해서요."

윤해경은 여전히 입을 다물고 있었으나, 직전과는 분위기가 달랐다. 해주는 등받이가 없는 의자를 하나 끌어와 윤해경의 앞에 앉았다.

"딸이 경계심이 엄청나다고 하던데. 하는 일을 이해시키느라 고생 좀 하셨겠네. 지금 제가 연락하면, 제 친구는 다시 그쪽 집에 방문할 예정인데. 피차 서로 원한 쌓지 말고 편하게 가는 게 어때요. 이건 제안이 아니라, 강요예요."

윤해경의 눈동자가 불안하게 흔들렸다. 어느 쪽이 더 무거운지를 가늠하듯 고민하다가, 천천히 입을 열었다.

"여기가 어디야."

환승 노선이 세 개나 되는 역에서 내린 별이 주위를 획획, 둘러보았다.

지하철을 타고 이렇게 혼자 멀리까지 나와 본 적이 없었다. 해주에겐 어디까지, 언제까지 도망가야 하느냐고 문자를 보냈지만, 답장이 오지 않았다.

최대한 멀리 가라고 했던가.

별은 지하철역 주변에 있는 편의점에서 작은 페트병에 든 생수를 물을 사서 나왔다.

눈앞에 나타난 풍경이란, 참으로 경이로웠다. 별은 기껏 산 물을 바닥에 툭 떨구었다. 편의점 밖에서 별을 기다리고 있던 남자가 그녀에게 다가왔다.

해주가 앞서 인상착의를 알려준 남자 중, 눈썹에 물결 모양 문신이 있는 남자였다.

도망칠까. 얌전히 잡혀 가랬으니 얌전히 있을까. 김별은 슬쩍 휴대폰의 시계를 확인했다. 해주와 마지막으로 연락이 닿은 지 고작 40분밖에 지나지 않았다.

되도록 시간을 오래 끌면 좋다고 했는데…. 별은 덜덜 떨리는 손을 감싸 쥐었다. 여태까지 저를 따라다녔던 이들 중 한 사람이 별의 앞에 있다는 사실만으로 주변의 공기가 갑갑하게 느껴졌다.

남자는 우악스러운 손길로 별의 팔뚝을 잡아챘다.

이대로 따라가면, 너무 빨리 돌아가게 되는데. 만일 자신 때문에 일을 망치기라도 하면 어떡하나. 감시역을 맞닥뜨리는 일은 너무나 무서운 일이었지만, 별에겐 공포를 이겨낼 간절한 소망이 있었다.

엄마를 만나야 한다. 그러니, 별온 혜주의 지시를 따라야 했다. 발에 힘을 주고 버티던 별이 남자의 옷소매를 꽉 붙잡았다.

보는 눈이 있으니 소리는 지를 수 있어도 때릴 수는 없을 것이다. 게다가 이 근처에는 역사 내에 경찰 센터가 있었다.

"부, 부탁 하나만 들어주시면 얌전히 따라갈게요. …저를 찾으시는 게 맞죠?"

남자는 무어라 작게 욕지거리를 해댔다.

별은 남자의 목소리를 못들은 체하며 옆으로 손을 뻗었다. 별의 손이 가리키는 곳에는 역사 내에 있는 커피숍이 있었다.

"음료수 한 잔만 마, 마시게 해주세요."

별이 남자의 옷소매를 당긴 손에 힘을 주었다. 저기서 딱 20분만 쉬고 가게 해주시면요. 제가 아무말도 않고, 절대 이상한 곳으로 튀지도 않고 얌전히 시키는 대로 할게요. 이거 거절하시면, 저 바닥에 드러누워서 소리 지를 거예요.

별이 당장이라도 납죽 엎드릴 것처럼 몸을 숙였다.

남자는 아무런 반응도 없이 카드를 내밀었다. 알아서 시켜 오라는 뜻인 모양이었다.

별은 민트초코 프라푸치노를 시켰다. 남자는 뭘 좋아하는지 몰라 아이스 아메리카노를 시켰다. 쟁반에 나온 음료수를 들고 가자 남자는 컵을 들고 곧바로 자리에서 일어났다.

어, 어딜 가세요. 별이 다급하게 물으니 남자가 휴대폰을 어깨와 턱에 고정하고 카페 밖으로 나섰다.

"지금 모른다는 말만 서른 번째 들은 것 같다. 요한 씨 생각은 어때요?"

"세어보진 않았는데, 그 정도 된 것 같습니다."

윤해경은 설움이 가득한 목소리로 소리쳤다. 모르는 걸 모른다고 하지 그럼 뭐라고 하냐고.

해주는 테이블에 팔꿈치를 괴고 심드렁한 표정으로, 모를 리가 없는데 모른다고 하니까 짜증이 나는 것 아니야, 하며 혀를 찼다.

그의 입장으로선 미치고 팔짝 뛸 지경이었다. 해주는 계속해서 그의 상사가 누구인지를 물었다. 어떤 사람 밑에서 일을 하느냔 것이다.

윤해경은 그 질문에 대답할 수가 없었다. 같잖은 의리나, 조직을 위한 마음 따위가 아니라 그는 정말 자신의 상사가 누구인지를 알지 못했다. 단 한 번도 보지 못했다. 그들은 휴대전화로만 지령을 내렸고, 윤해경이 한 일은 김승연이라는 여자를 감시하는 A팀에 들어가 팀장 소리를 얻어들은 정도였다.

"계속 생각을 해봐요. 무의식에는 남아 있을 수도 있잖아요. 딸이 걱정하겠다."

윤해경은 눈을 감고 그와의 통화를 떠올렸다. 그는 전화를 할 때도 본론만 간단히 전하고 끊곤 했다. 그의 주변에는 그와 함께 일하던 사람이 있었는데, 한때 김승연은 그를 만나 함께 일을 했다고 한다. 기억을 되짚던 윤해경이 이내 고개를 번쩍 쳐들었다.

"가명을 써요. 그 사람의 가명 말고 이름을 부르던 사람은 한 명 봤어요."

"그게 누군데요?"

"모르죠. 익명이니까요."

"아뇨, 본명을 부른다는 사람이요."

윤해경이 잠시 머뭇거렸다. 그가 머뭇거리지 않았더라면, 조금 더 고민했을 것이라고 해주는 생각했다.

"김승연인가?"

윤해경은 침묵했다. 침묵은 긍정이라는 거 아시죠. 해주가 윤해경에게 물었다.

언제까지고 여기서 이러고 있을 시간은 없었다. 알아야 할 정보만 캐내서 떠야지. 해주가 시계를 확인했다. 김별이 지금쯤 어디에 있을지, 아주 약간 걱정되었다.

윤해경은 이제 자기가 아는 건 전부 털어놓았으니, 가족을 놓아 달라고 했다. 그의 가족을 인질로 잡았다는 이야긴 하지 않았는데. 이래서 상상력이 위험하다고 하는 거야.

해주가 입꼬리를 삐뚜름히 올려 미소 지었다.

"더 있어요. 처음 질문에 대답 안 해준 거 까먹었어요? 김승연이 하던 일이 정확히 뭔지, 그 여자가 그 일을 하게 된 계기는 뭔지. 갑자기 도망간 이유 중에 짐작 가는 일이 있는지."

윤해경이 다시금 곤란하다는 표정을 내비쳤다. 그는 묶여 있는 손을 풀기 위해 꼼지락대다가 고개를 의자 뒤로 완전히 젖혔다.

"너무 깊게 파고 들려고 하지 않는 게 좋을걸. 나이도 어린 사람이, 왜 삽으로 자기 무덤을 파려 해?"

"묻는 말에 대답 안 해주실 거면…."

해주가 휴대폰을 들었다. 윤해경은 답답하다는 듯 테이블에 이마를 쿵 소리가 나도록 크게 박았다. 그의 말 그대로 이런 일에서 오래 굴러온 사람이다 보니, 해주가 무슨 짓을 할 것이라는 말을 하지 않아도 그의 머릿속에서 시뮬레이션이 돌아가기라도 하는 모양이었다.

"김승연은, 당신 말대로 돈세탁을 했어요. 위에서 명령이 내려오면 걔 통장에 돈이 여러 번 나뉘어서 입금됐어요. 걔가 왜 이 일을 하게 되었는진 잘 몰라요. 처음 왔을 때는 어리숙하고 할 줄 아는 게 없었는데. 금방금방 적응하고 배우더라고요. 근데 최근 반년 정도는 일을 안 받았대요. 정확한 경위는 모르지만, 돈을 뻥땅쳤대요. 중요한 손님한테서 돈 몇 억을 뜯어서 도망쳤대. 미친년이 무슨 용기로 그랬는진 모르겠지만⋯."

"김승연이 어디 있을지 감이 잡히는 곳은 없는 거고요?"

"모른다고. 몇 번을 말해."

"알겠습니다. 협조해주셔서 감사하고요. 당신 휴대폰은 여기 두고 갈 테니, 알아서 가족에게 전화하세요."

"야, 여기가 어딘진 알려주고 가야지!"

윤해경의 경악한 얼굴을 뒤로하고 해주와 요한은 노래방을 빠져나왔다.

윤해경은 꼭 해주가 멀리까지 저를 데려온 것처럼 말했지만, 태성 빌딩 지하 1층에 있는 노래방이었을 뿐이었다. 멀리까지 윤해경을 옮겨갈 시간도 없었을 뿐더러 남의 눈에 띄지 않을 공간이 같은 건물에 존재하니 멀리 갈 필요도 없었다.

건물 입구로 나온 해주는 휴대폰을 확인했다.

김별의 연락이 여러 번 와 있었다. 어디까지 가야 하느냐는 질문부터, 언제까지 가야 하냐는 질문까지.

10분 전 석촌역으로 돌아왔다는 문자가 마지막이었다.

해주는 요한을 먼저 조수석에 태우고 차 문에 기대어 서서 김별에게 전화를 걸었다. 한참 연결음만 반복하다 부재중 통화로 넘어가기 직전, 아슬아슬하게 통화가 연결되었다.

"지금 어디예요?"

김별은 대답 없이 한참이나 부스럭대는 소리를 냈다. 휴대폰을 가방 속에 넣었나?

해주는 전화를 끊지 않고 기다렸다. 휴대폰에 귀를 기울이자 바깥의 소음이 들려왔다.

[저 이제 가도 돼요?]

김별의 목소리가 먼 곳에서 들렸다. 김별은 해주가 아닌 다른 이에게 묻고 있었다. 해주에게 연락한 것은 아마 정보 전달을 위함이겠지. 해주는 운전석에 올라탔다.

[너무 답답해서 산책 나온 거였다니까…]

[근데 왜 쫓기듯 도망쳤냐니까?]

[누가 따라오는 것 같으니까 그랬죠. 저는 바람도 못 쐬어요?]

감시역으로 붙은 남자가 김별에게 무어라 말하는 소리가 들렸다.

김별은 거의 사정하듯 울먹이면서 이야기했다. 소리가 작아 잘 들리지 않지만, 김별이 돌아가지 못하게 막고 있는 모양이었다. 얌전히 따라가라고 했는데. 괜히 사서 고생을 하고 있을 김별을 떠올리던 해주가 아, 하고 탄식했다.

"휴대폰…"

만일 윤해경이 먼저 김별과 함께 있는 남자들에게 전화를 걸어 사정을 설명했다간, 김별이 똑같이 위험해질 수도 있었다.

윤해경의 휴대폰을 들고 나왔다가 위치추적을 당할까 싶어 일부러 들고 오지 않은 제 탓이었다. 의뢰인의 안전을 전혀 고려하지 못한 행동이었다.

해주가 석촌역으로 갈지, 아니면 이곳에서 김별을 기다릴지 고민하고 있을 때 눈을 감고 있던 요한이 부스스, 눈을 떴다.

얼굴에 난 상처가 따가운지 손가락 마디로 툭툭, 건드리면서 인상을 쓰는 모습이 딱했다. 맞을 걸 예상하고 보내긴 했지만….

해주는 요한에게 상처가 덧나지 않도록 바르는 연고를 쥐어주었다.

"저는 잠깐 다시 내려갔다 올게요."

"왜요…?"

"휴대폰을 들고 와야 했는데 두고 와서요. 실수했어요."

차에서 내리려는 해주를 요한이 슬그머니 잡아당겼다. 요한은 잠시만 기다려 달라고 말하며 불편한 자세로 주머니를 뒤적였다.

해주는 요한에게 붙들린 채 김별의 말소리에 집중했다. 장소가 바뀌었는지 주변의 소음이 잦아들었다. 대신 휴대폰과 김별의 거리도 멀어졌는지, 통화 소리를 가장 크게 높여야만 김별의 목소리가 들렸다.

정확한 대화 내용은 알 수 없었다. 아직 일 분도 채 되지 않았지만, 마음이 급해 한 시간이라도 흐른 것 같았다.

"빨리 다녀올 테니 여기서 기다려요."

요한이 다시 해주의 손을 잡았다. 아니 대체 왜 그래요. 해주가 신경질이 난 얼굴로 요한을 돌아보았다. 요한은 해주의 손에 휴대폰을 쥐어주었다.

윤해경의 휴대폰이었다.

"그, 챙겨야 할 것 같아서. 돌려주는 건 나중에 해도 되잖아요."

"…잘했어요."

"손이 불편해서 확인은 못 했지만, 방금 카톡이 왔는데 그쪽에서 보낸 남자들 아닐까요."

해주가 차에 시동을 걸면서 윤해경의 휴대폰을 켰다. 잠금 패턴을 설정해두었지만, 액정에 붙어 있는 필름지를 벗겨내 지문이 길게 이어진 모양을 찾아 입력했다.

패턴은 단순해서 두 번 만에 찾을 수 있었다. 메신저에는 김별의 감시역으로 붙은 남자가 여자애를 잡았는데 어떻게 해야 하느냐고 묻는 내용이 도착해 있었다.

해주는 윤해경과 남자가 나눈 지난 대화를 잠깐 올려 확인하곤 답을 찍어 보냈다.

괜한 오해를 살 수 있는 행동을 하지 말고 얌전히 집에 보내는 척 따라붙어서 집으로 가는지를 확인해.

해주가 메시지를 보내고 몇 초 지나지 않아 그렇게 하겠다는 답장이 도착했다. 그제야 한시름이 놓였다.

해주는 열심히 연고를 바르는 요한에게 잘 사용하지 않는 손수건을 던져주었다. 손바닥의 상처가 심한 부위에 감고 있으란 뜻이었는데, 요한은 혹시나 약이 묻을까 피가 묻기라도 할까 조심스레 손가락 끝으로 얇은 천을 집어 올렸다.

"그게 아니라…."

"네?"

요한의 순진한 눈을 보고 있자니 말로 설명하려 했다간 또 예? 하는 멍청한 소리나 들을 테니 해주는 직접 손수건을 요한의 손 위에 감아주었다. 맞느라 고생했다는 의미에서 주는 거라고 사족을 붙이자 요한은 계면쩍게 웃으며 말했다.

"제가 싸움을 잘 못 해서요….."

"잘 버티던데. 인파이터의 기질이 있어요."

거의 일방적으로 맞은 것 치고는 상처도 양호한가?

해주가 요한의 얼굴을 집요하게 쳐다보았다. 요한은 민망해하면서 해주의 눈을 피했다. 자세히 보니 정말 요령 있게 맞았다. 실은 싸움 잘하는 거 아니야? 실없는 생각을 하던 해주가 휴대폰 너머로 우렁차게 들려오는 김별의 목소리에 네, 가요, 대답하며 차를 출발했다.

8

윤해경의 휴대폰으로 보낸 메시지가 먹혔는지, 김별은 무사히 감시역의 손에서 풀려났다.

김별은 역 근처에 오도카니 앉아 있었다.

많이 피곤했는지 차에 올라타자마자 무섭게 잠이 들었다.

해주가 김별을 안전한 장소로 데려가는 동안, 요한은 윤해경의 휴대폰에 쓸 만한 정보가 있는지를 찾았다.

메신저와 전화번호부는 파일로 변환해 해주의 이메일로 옮겼고 그 외에는 요한이 해주에게 읽어주면, 해주가 개중 필요한 내용을 알려주는 식이었다. 사무실로 돌아가기 전에 윤해경의 휴대폰을 버려야 했으므로 작업은 차 안에서 이루어졌다.

작업은 예상보다 더 오래 걸렸는데, 그럴싸해 보이는 정보는 정작 하나밖에 얻지 못했다.

'마셜라'나, '타르트' 따위의 가명으로 보이는 단어 옆으로 나열된

네 자리의 숫자였는데, 단어와 숫자 사이에는 어떤 규칙성이나, 연관성도 찾을 수 없었다. 이런 정보는 전혀 쓸 곳이 없었다.

"세탁을 맡기는 사람이나, 일을 주는 사람에 대해선 전혀 알 수가 없네."

"휴대폰 번호 뒷자리나, 뭐 그런 거 아닐까요?"

"그렇게 간단하면 좋겠지만요."

"이거 진짜 버려요?"

"그냥 버리지 말고 유심칩을 빼내서 두 동강을 내요. 본체랑 유심칩은 다른 곳에 버리고요."

기대에 미치지 못한 정보량에 요한은 내심 아쉬운 눈치였다.

해주는 요한에게 어서 휴대폰을 버리라고 종용했다.

해주도 아쉽긴 마찬가지였지만, 상대는 제법 체계가 꾸려진 조직이었다. 한 번에 많은 정보를 빼내려 했다간 역으로 해주와 요한, 더불어 의뢰인인 김별까지도 위험할 수 있으니 해주의 방식을 고집할 순 없는 노릇이었다.

"대충 죽는다고 말하면 알아듣겠죠?"

"네?"

"김별 양이요."

오늘부터 의뢰인은 해주의 집에 머무르게 될 것이다. 아직 의뢰인과 이야기된 바는 없지만, 해주의 뒷좌석에서 얌전히 잠든 소녀에겐 적어도 죽고 싶지 않다면 선택권이 없는 일이었다.

끼익, 하는 소리와 함께 몸이 앞으로 기울었다.

별온 크게 몸을 들썩이며 숙이고 있던 고개를 쳐들었다. 눈꺼풀이 무거워 잘 떠지지 않았다.

흐릿하던 시야가 또렷하게 바뀌자, 앞에 앉은 해주와 요한이 보였다. 멍하니 대화를 나누는 두 사람을 지켜보던 김별이 앞으로 끌어안고 있던 가방을 열었다.

전부 종이로 만들어진 물건뿐임에도, 어깨가 무거웠다. 별은 가방 안을 손으로 휘저었다. 부스럭, 움직이는 소리에 해주와 요한이 동시에 별을 돌아보았다.

"깼어요?"

먼저 인사를 건네 온 이는 요한이었다.

별은 고개를 끄덕이곤 얇고 두꺼운 종이가 굴러다니는 가방 속에서 보라색 다이어리를 꺼내 해주에게 내밀었다. 해주는 요한처럼 다정한 인사 대신 별의 물건을 받아들고 앞뒤로 살피며 말했다.

"이건, 다이어리네요. 그 사람들이 줬어요?"

별은 해주가 말하는 '그 사람들'이 누군가 잠시 고민하다가 고개를 저었다. 억지로 붙잡아 두긴 했으나, 다이어리를 선물을 주고받을 만큼 친해지진 않았다.

"아니요, 제가 집에서 찾았어요. 엄마가 쓰던 다이어리예요."

"어디서 어떻게 찾았어요?"

"잠은 안 오고, 시간은 많고, 돌아다닐 장소는 협소하니까 손에 닿는 곳은 전부 뒤지게 되더라고요. 거실에서 발견했어요."

해주는 검지로 다이어리를 넘겨보았다.

올해 산 물건치고는 빈칸이 제법 빼곡하게 들어차 있었다. 적혀 있는 내용은 돈의 액수였다. 단위는 천차만별이었다. 별은 친모가 사용한 장부일 것이라 말했지만, 해주의 의견은 달랐다.

"그럼 소비…? 가계부…."

"이건 가서 얘기해요."

"네. 근데 어디로 가요?"

별이 창밖으로 고개를 돌렸다.

안이 검게 코팅되어 있어 잘 보이진 않지만, 익숙한 풍경은 아니었다.

별이 창문을 쭉, 내렸다. 네온사인으로 번쩍이는 도심은 아무리 봐도 별의 동네와는 거리가 멀었다. 여기가 어디지? 주변 건물을 확인하기도 전에 창문이 다시 위로 스르륵 올라갔다.

"이 시간에 어딜 가겠어요. 집에 가죠."

"집에 가서 마저 얘기하는 거예요? 여기서 해도 괜찮은데…."

"앞으로 일이 해결되기 전까지, 김별 양은 우리랑 같이 움직일 거예요. 지금 궁금해 미치겠는 질문의 답을 하자면, 제가 오늘 과격한 방법으로 어떤 사람을 괴롭혔어요. 그 사람이 누구냐면 김별 양에게 감시역을 붙인 남자예요. 이름은 윤해경인데…. 이건 별로 중요하지 않으니까."

"이, 이해했어요. 보복당할까 봐 저를 보호하겠다는 거잖아요. 24시간 동안!"

해주가 고개를 끄덕였다. 바로 그거예요.

"그럼 저는 얌전히 있으면 되는 거 아녜요? 탐정님이랑 싸운 거니까 저는 엮이지 않을 수도 있고…."

별은 제발 그러길 간절하게 바란다는 어조로 말했다.

"윤해경은 감시역의 고용주잖아요."

"네."

"제 고용주는 누군가요?"

"저요."

"질문 시간 끝. 옷이 필요하면 제가 사다 줄 거고, 필요한 물건이 있으면 그것도 저한테 말해요. 김별 양이 가지고 있을 건 중요한 물건뿐이에요. 그건 다 가방에 있지 않아요?"

아차, 하는 사이 끝난 질문 시간은 더 궁금한 내용이 없을 만큼 알찼다. 별은 수긍의 의미를 담아 네에, 대답했다.

"아, 다이어리 마지막 페이지에 보면 뭔가 암호 같은 숫자가 적혀 있어요. '6885' 혹시 저 숫자가 엄마랑 연관된 게 있는지를 생각해 봤는데, 통장 비밀번호가 아닐까 했어요. 아니면 뭔가를 알아내기 위한 암호이거나?"

"앞 페이지에 있는 내용을 보면 낙서는 아닐 것 같고, 그렇다면 정말 말대로 암호일지도 모르겠네요."

해주는 별에게 다시 다이어리를 돌려주었다.

누가 언제 어떻게 볼 줄 알고 암호를 남겼는지. 나지막한 해주의 혼잣말에 별은 검은 펜으로 써 있는 문자를 한참 동안 바라보았다.

"이건 김별 양이 가장 쉽게 풀 수 있을지도 몰라요. 집 안에 숨겨져 있던 암호니까요. 누군가 찾아서 풀길 바라서 썼다면 의뢰인 아니겠어요?"

"그렇네요……. 암호를 남기거나 풀게 하는 거 말고, 엄마가 저도 같이 데려가 줬으면 좋았을 거라는 생각이 자꾸 들어요."

만일 해주의 말대로 별이 풀어주길 바라고 메모해둔 암호가 맞다면, 왜 굳이 자신에게 힘든 일을 겪게 만드는 건지 이해가 되지 않왔다. 아무리 혼자서 키우느라 힘들었다고 해도, 가족이라곤 서로밖에 없이 10년을 넘게 살았는데.

만일 김승연이 아주 오래전부터 이런 계획을 세우고 도망갈 기회만 노리고 있었던 거라면, 만일 별이 그녀를 찾아낸다 해도 다시 숨어버리는 건 아닐까 하는 생각이 들었다.

"엄마를 찾을 수 있을까요?"

"당연히 찾아낼 거예요."

***

'찾아내겠다'라고 단언하긴 했으나, 명확한 단서를 찾아내기까진 제법 오랜 시간이 걸렸다. 탐정 일을 시작하고, 이만큼 붙들고 늘어진 의뢰는 처음이었다.

제대로 된 단서 하나를 잡기까지 방대하게 많은 양의 정보를 봐야 했고, 미성년자인 김별을 보호하기 위해 사무실에 직원이 아닌 의뢰인을 들었다.

거의 늘 혼자, 많아 봐야 둘이서 일하던 해주에겐 몹시 불편한 환경이었다. 자연스레 주의를 기울일 곳이 많아지면서 신경이 곤두섰다.

사건의 진행이 더딘 것이 혹 근무 환경의 문제는 아닐까, 하는 고민이 들 무렵 김승연이 부산 해운대구 출신이라는 사실을 알게 되었다.

김승연의 주민등록초본에는 그녀가 본적을 변경하기 전 출생지가 나와 있었다. 그녀의 최종학력은 중학교였고, 열여덟에 고등학교를 자퇴하고 삼 년 뒤 본적을 서울로 변경하였다.

김승언의 고향이 부산 해운대구라는 것은, 이미 조직에서도 알 것이고 저보다 먼저 그곳을 쥐잡듯 뒤졌을 터였다. 20년간 떠나 있던 고향에 돌아가 숨는 것도 우습지만, 막무가내로 어느 장소를 집는 것보다야 그녀를 만날 확률이 미세하게나마 더 있을 것이다.

해주는 김승언이 다닌 학교를 조사했다. 교무실에 밤낮으로 전화를 돌려 당시 김승언의 담임이었던 교사와 통화할 수 있었다. 교사는 김승언의 실종과 관련된 이야기를 하자, 이야기를 듣지도 않고 어휴, 한숨부터 내쉬었다.

해주는 조금 과장해서 그녀가 위험한 상황에 처해 있다고 도움을 요청했다. 교사는 한참을 망설이다가 조심스레 입을 열었다.

그렇지 않아도, 그녀를 찾는 이들이 학교에 한 번 다녀간 적이 있다는 것이다. 그들이 험상궂은 인상이라 겁이 나서 얼른 졸업앨범을 줘버렸다고 실토하며, 그 애에게 무슨 일이 있나요, 하고 물었다.

해주는 무슨 일이 있으니, 당시 같은 반이었던 학생 중 당장 연락이 가능한 사람의 번호를 알려달라고 대답했다.

지금 그녀는 죽을 위기에 처했는데, 당신이 제자의 졸업앨범을 팔아치웠기 때문이라고 쏘아붙이고 제자를 살리고 싶다면 어서 동창생의 번호를 알려달라고 재촉하자, 금세 포커스가 흐려진 사진이 하나 도착했다.

해주는 총 서른 개 가까이 되는 번호를 저장하여 일대일 대화창을 만들었다.

'나 김승언이야. 오랜만에 얼굴 좀 볼까.'

큰 기대 없이 보낸 메시지는 들인 시간에 비례해 굉장한 수확으로 돌아왔다. J라는 이름을 가진 여자에게서 하루도 되지 않아 답이

온 것이다.

'무슨 일로 휴대폰을 쓴대. 어디서 만날 건데?'

가장 먼저 메시지를 확인한 김별이 입을 틀어막고 책상을 두들겼다.

해주는 답장을 보낸 김승연의 동창에게 전화를 걸어 신분을 밝히고 사정을 설명했다. 서울에서 위험한 일에 휘말렸고, 그래서 그녀가 현재 실종 상태라는 것을 장황하게 풀어 감정에 호소했다.

하지만 뜻밖에도 김승연의 동창인 J는 김승연과 한 달 전에도 만났는데 무슨 소릴 하느냐고 역으로 해주를 의심했다.

먼저 해주와 약속을 잡은 것은 J였다. 자신이 정한 장소에서 얼굴을 마주보고 대화를 하자는 조건이었다. 해주는 어차피 잃을 것이 없었으므로 그러겠노라 답했다.

김별은 당장이라도 떠날 것처럼 들썩거렸다. 들떠 있는 사람에게 찬물을 끼얹어 미안하지만, 해주는 혼자서 부산에 다녀오겠노라고 일러두었다.

아쉬워하는 김별에게 대신 다른 임무를 주었다. 요한과 함께 둘이서도 할 수 있는 비교적 쉬운 임무였다.

'다이어리에 쓰인 암호 풀면서 얌전히, 가만히, 있어요. 뭐 하려고 하지 말고요.'

***

J는 동그란 얼음이 들어간 커피잔을 손으로 매만졌다.

커피 두 잔을 시켜놓고 앉아 있길 한 시간째, 아직도 J는 입을 열지 않고 해주를 의심 가득한 얼굴로 바라보았다.

해주도 커피에 입을 댈 생각 없이 그녀가 입을 열 때까지 하염없이 기다렸다.

얼음이 녹아 커피의 양이 두 배로 불어났을 쯤, J가 천천히 입을 열었다. 지금 해주가 있는 이 카페에서 김승연과 한 달 전에 만났다는 것이다.

J는 스물다섯에 이 카페에서 용돈 벌이를 위해 아르바이트를 했는데, 그때 김승연과 우연히 마주쳤다. 어느 순간 홀연히 사라진 김승연이 카페에 나타난 것이 반갑고 신기해 괜히 그녀를 힐끔거렸다고.

김승연이 먼저 자신을 아는 척하며 인사를 건네 오기에 J도 냉큼 그녀의 맞은편에 앉아 재잘거렸다. 하지만 그때도 삐삐나, 휴대폰 같은 기기로 서로의 연락처를 공유하진 않았다.

늘 여름이 되면 김승연이 귀신처럼 카페에 와서 휴식을 취하고 있었고, 가끔은 J와 대화를 하기도 했다.

가시나가 그게 좀 이상하긴 했어요. J는 조용조용하게 웃던 김승연을 떠올리며 한 달 전을 회상했다.

평생 휴대폰이고 뭐고 아무것도 없어서 어떻게 사는지 궁금해도 김승연이 찾아오지 않으면 좀체 알 수가 없었는데, 한 달 전에는 휴대폰을 들고 카페에 찾아왔다는 것이다.

J는 김승연에게 드디어 휴대폰을 샀느냐고, 번호를 교환하자고 말했지만 김승연은 산 게 아니라, 버리려고 가져왔다고 대답하며 J에게 휴대폰을 버려달라고 부탁했다.

'그래서 버려줬어요?'

'네.'

휴대폰을 가지고 갔다는 말은 김별에게 전달받은 적이 없었다.

상식적으로 도주를 시도했다면 가장 버려야 하는 물건이 카드와 휴대폰이니, 그걸 사용하진 않았을 것이고 시선 분산을 위해 이용했을 가능성이 컸다.

해주는 김승연이 당신을 이용했다는 말이 튀어나오려는 것을 꾹 참고 아주 사소한 것도 괜찮고, 혼자만의 추측이어도 상관없으니 김승연에 대해 더 아는 것이 있는지를 물었다.

딱히 떠오르는 게 없다면서 고민하던 J가 아, 하고 손바닥을 짝 마주쳤다.

'걔네 집이 원래 민박을 했는데, 승연이가 서울 가고 몇 년 뒤에 두 분 다 돌아가셨거든요. 근데 저번에 왔을 때는 아직도 거기에 민박집이 있는지를 물어보는 것 아네요? 그래서 있다곤 했어요. 있긴 하니까. 다른 사람이 하고 있지만…'

해주는 J의 말을 가로막고 물었다.

'혹시 이 얘기 어디에 한 적 있어요?'

J는 고개를 저었다.

'그럼 앞으로는 누가 김승연이랑 아는 사이냐고 물어보면, 무조건 모른다고 해요. 특히 체격 좋은 남자들한텐 입도 벙긋하지 마세요.'

J와의 대화는 그것으로 끝이었다. 해주는 더 지체할 것 없이 외진 해안 마을에 있다는 민박집으로 향했다.

9

J가 알려준 민박에 도착했을 때는 자정을 훌쩍 넘긴 시간이었다. 지리가 복잡해서 길을 찾는 데 약간의 어려움이 있던 탓이었다.

다행히 민박은 아직 열려 있는 상태였다. 해주는 민박집을 지키고 있던 여주인에게 가장 깨끗하고 여성이 쓰기에 편한 방을 달라고 부탁했다.

당장 심문하듯 물어보기엔 늦은 시간이고, 뭘 알아내기도 쉽지 않았으므로 낯선 방에서 오지 않는 잠을 청했다.

눈을 떴을 땐 동이 트고 있는 새벽이었다.

해주는 방 가까이 있는 화장실에서 세안한 뒤 휴대폰을 확인했다. 달리 들어온 연락은 없었다.

밖으로 나가자 여주인이 주방에서 아침 식사를 만들고 있었다. 해주는 여주인에게 꾸벅 인사를 했다. 몇 마디 대화를 나누자 여주인의 성격을 금방 알 수 있었다.

해주는 여주인이 차린 아침상을 그녀와 함께 먹으며 집안을 관찰했다. 안방을 제외한 모든 작은 방을 민박으로 쓰는 것으로 보아, 여주인은 가족 없이 홀로 민박을 운영하는 듯했다. 식사가 끝나자 그녀는 거실에 앉아 두꺼운 노트를 펼쳤다. 날짜와 금액 따위가 기록된 장부였다.

여주인은 마침 잘됐다는 듯, 주변에 앉아 있는 해주에게 휴대폰 번호를 물었다. 해주가 이유를 묻자 여자끼리만 입실하는 경우엔 혹시 모를 상황을 대비해 비상연락망을 알아두고 있다고 했다. 오랫동안 돌아오지 않을 때 연락을 하는 용도이고, 방을 비우면 흰색 수정테이프로 지운다는 모양이다.

입실 시간과 퇴실 시간, 그리고 인원수까지 꼼꼼하게 표기해둔 장부는 흉악한 범죄들이 판치는 세상이니 나이 먹은 중년 여자의 머리에서 나온 것치곤 괜찮은 발상이었다.

게다가 장부에서 김승연의 흔적을 찾을 수 있다면, 해주에겐 괜한 시간 낭비를 방지할 수도 있었다. 적당히 방에 있다가 여주인이 잠깐이라도 자리를 비운 틈을 타 장부를 확인하면 되는 간단한 일이었다.

방으로 돌아온 해주는 방문을 반쯤 열어놓고 여주인의 동태를 살폈다.

한참을 부산스레 움직이던 여주인이 휴대폰을 챙겨 안방으로 들어갔다. 운 좋게도 장부는 챙겨가지 않았다. 안방 문이 잠기는 소리까지 들은 뒤 조용히 밖으로 나와 소파 테이블에 놓여있는 장부를 들췄다. 월 별로 정리된 장부는 듬성듬성 비어 있었다.

9월의 첫 손님은 해주였고, 8월과 7월에는 각각 네 칸이 기록되어 있었다.

　J가 말해준 한 달을 기준으로 잡으면 8월 초중순쯤 머무른 이들 중 한 사람일 확률이 높았다.

　조심해서 페이지를 넘기는데 안방에서 큰 소리가 들려왔다. 누군가를 모질게 혼을 내는 말소리였다.

　해주는 여주인이 나올까 장부를 덮고 안방을 주시하다가, 다시 장부를 펼쳤다.

　지금까지 김승연의 행보를 밑바탕에 두면 조건은 두 가지였다.

　한 명의 인원일 것. 연락처는 남기지 않았을 것.

　이 조건에 부합하는 숙박객은 둘이었다. 둘 중 어느 쪽이 김승연에 더 가까운진 금방 판별할 수 있었다. 두 사람 다 입실 시간은 적혀있지만, 퇴실 시간은 한 사람밖에 적혀 있지 않았다.

　개인 연락처도 없고 퇴실 시간도 적혀 있지 않은 손님이 김승연이라면, 민박의 여주인은 홀연히 사라진 숙박객을 모른 척할 인물이 아니었으므로, 김승연이 주변의 눈을 피해 달아났을 터였다. 이미 전적도 있지 않은가.

　해주는 조용히 장부를 덮은 뒤 방 안에서 휴대폰을 챙겨 나왔다. 시내로 나가는 큰길로 나가 혹시 모를 목격자를 찾기 위해서였다. 좁은 마을이라 제 또래의 여자 외지인을 몰라볼 린 없었다.

　어렵지 않게 단서를 잡을 수 있을 거란 예상은 보기 좋게 빗나갔다. 건물마다 일일이 들어가 수소문했지만 한 달 전 홀로 방문한 사십대 여성을 찾을 수는 없었다. 여기는 고향 집을 방문하거나 무리로 몰려다니는 관광객이 대부분이란 것이다.

버스정류장과 가까이 있는 슈퍼에서도 허탕을 치고 나온 해주가 끙, 앓는 소리를 냈다.

어쩌면 김승연이 아닐 수도 있고, 김승연을 목격한 사람이 아무도 없을 수 있겠지만, 쉬이 발걸음이 떨어지지 않았다.

마음에 켕기는 점이 있는데 그것이 무언지를 찾기 어려웠다. 시내로 나가거나 시내에서 들어올 수 있는 다른 길이 있는지도 물었지만, 바닷가를 옆에 둔 큰길을 제외하곤 차가 드나들 수 없다고 했다.

한참을 고민하던 해주가 번뜩 떠오르는 생각에 비스듬한 자세로 앉아 있던 몸을 곧게 폈다.

이 마을은 그녀의 고향이고, 김승연은 완벽한 외지인이 아니었다. 그녀가 부모와 의절하듯 고향을 떠난 지 오래되어 미처 고려하지 못했는데, 이 주변 사람들 중에선 김승연을 기억하는 사람이 있을 가능성도 배제할 수 없었다.

해주는 휴대폰 앨범 속에 있는 김승연의 사진을 꺼내 다시 한 번 왔던 곳들을 되돌아갔다.

처음엔 알아보지 못해 기름한 눈으로 사진을 바라보던 이들은, 금세 그녀의 이름을 떠올렸다. 그리고 그 뒤에 따라붙는 패륜아, 불효자식, 무슨 년 등등의 김별이 있기 전까지 그녀의 삶을 수식하는 이야기와 '그렇게 떠나서 평생을 모르는 체하고 살 거면 돌아와선 안 되었다…'라는 증언이 해주에게 확신을 더해주었다.

민박의 여주인은 김별의 친모와 각별한 사이일 것이고, 어쩌면 그녀가 김승연을 곧장 기억해내지 못했다가 알게 된 후 내쫓았을 수도 있을 것이다.

낯선 외지인이 아닌 김승연을 보았다는 이는 제법 되었다. 다만 시내 밖으로 나가는 것이 아니라….

마을 주민들의 증언에 따라 이쪽으로 가는 것을 보았다, 저쪽으로 가는 것을 보았다 하는 방향을 따라 도착한 곳은 작은 등대가 서 있는 방파제 길이었다.

마을 안쪽의 깊숙한 곳, 바다가 한눈에 보이는 이 자리까지 온 김승연이 여기 서서 무슨 생각을 했는지는 잘 모르겠지만 가벼운 감정은 아니었을 터다.

마을로 들어오는 모습을 목격한 사람이 있고, 이곳까지 제 발로 걸어온 것을 아는 사람은 있는데 돌아간 모습을 목격한 이는 없었다. 그렇다면 아마도….

해주는 머리가 지끈거리는 걸 느끼며 민박집으로 발걸음을 돌렸다.

녹이 슨 대문 앞에 선 해주는 선뜻 안으로 들어서지 못했다. 물끄러미 서서 낡은 민박집의 전경을 올려다보았다. 김별의 의뢰를 받은 지도 근 한 달이 다 되었다.

제대로 값을 내면 뭐든 들어준다고 말을 하긴 했지만, 여전히 해주의 머리에는 불쑥불쑥 이 의뢰를 왜 받았을까, 하는 물음이 떠올랐다. 돈은 평소 받는 의뢰와 비교할 수 없으리만치 적고, 그렇다고 간단한 일도 아니었다.

일을 진행할수록 김승연이 돌아오지 않을 것이라 예감하면서도, 지푸라기를 잡듯이 단서를 추적하고 있다는 사실이 저답지 않았다. 속마음 깊숙한 곳에서 실은 의뢰를 해결하는 게 아니라, 김별을 놓고 있는 게 아니냐는 신랄한 비꼼마저 들려왔다.

애틋한 모정 때문에? 그럴 리가. 해주는 살면서 어떤 집단에서의 소속감이나, 유대감을 느껴본 적이 없었다. 그럴 사람이 없었으니까.

아니, 어쩌면 그렇기에 김별의 의뢰를 끝끝내 해결하고 싶은 것일지 모르겠다. 언제든 끊어질 수 있는 가느다란 핏줄에 집착하는 것이 불쌍해서.

김승연이 부산에 온 이유도, 그 가느다란 핏줄에 기대기 위해서일까. 하지만 이곳엔 김승연을 받아줄 사람이 아무도 없었다. 그래서 더더욱 방파제 길 끝에 선 김승연이 어떤 선택을 했을지….

김승연이 살아서 떠났다면 시간이 걸리더라도 끝끝내 그녀의 흔적을 좇아가면 그만이지만, 만일 김승연이 죽었다면 이 의뢰를 더 진행할 이유가 없었다. 이미 세상에 없는 사람을 무슨 수로 찾아낸단 말인가.

들릴 듯 말듯 한숨을 내쉰 해주가 대문을 열고 들어갔다.

현관문은 슬리퍼를 문 틈새에 끼워 완전히 닫히지 않도록 고정해둔 상태였다. 문을 열려던 찰나, 해주의 귀에 날이 선 여자의 목소리가 들려왔다.

"아직도 못 찾았다고? 서울에서 왔다던 애도 그년을 찾는 것 같드만, 다 돈 노리고 찾는 거 아니겠나. 내가 봤다니까. 그년이 가방을 쩍 열었는데 그 안에 오만 원 다발이 수두룩했다고."

드세게 상대를 몰아붙이고 있는 이는 민박집 여주인이었다.

여주인이 말하는 그년이 누군지는, 굳이 확인할 필요도 없이 자명했다.

해주는 문을 박차고 들어갔다. 거실 바닥에 앉아 떠들던 여주인이 화들짝 놀라 휴대폰을 등 뒤로 감추었다. 아가씨, 어디 다녀 왔어요? 해주는 여주인의 상냥한 물음을 비웃으며 그녀 앞으로 다가갔다.

"내가 사람을 잘못 봤네. 그저 꼼꼼하고 사람 좋은 성격이라고 생각했지, 남의 돈 가방을 찾아다닐 만큼 탐욕스러운 줄은 몰랐네요."

해주의 신랄한 말투에 여주인이 말을 더듬으며 대답했다.

"뭐, 뭐가요?"

"제가 지금 당신이 누군가의 돈을 노리고 있다는 걸 들었는데, 혹시 김승연이란 여자와 관련되어 있습니까?"

당황하던 여주인의 눈이 금세 세모꼴로 변했다.

"아가씨도 김승연이 고 계집애를 찾아요? 그러고 보니까 아가씨도 휴대폰 번호를 안 써놨네. 걔랑 아는 사이예요?"

해주는 여주인을 흘겨보았다.

"그런 게 왜 궁금한데요? 김승연이 돈을 많이 들고 왔나 봐요? 아주머니, 김승연 쫓아냈죠? 쫓아낸 거 다 알고 물어보는 거니까 거짓말은 하지 마시고요. 만약 그 여자가 바다에 뛰어내려 죽었으면 당신 때문에…"

해주가 여주인에게 한 걸음 가까이 다가가 더 다그치려는 순간, 해주의 휴대폰이 울렸다.

발신인은 김별이었다.

중요한 일이 아니면 조금 있다 연락하겠노라 통보하려던 해주는 한껏 신이 난 목소리에 여주인을 흘끔 노려보곤 밖으로 나갔다.

"뭐라고요?"

[엄마한테서 연락이 왔어요! 절 만나고 싶대요!]

이건 또 무슨 미친 소리며, 김승연은 대체 무슨 속셈이란 밀인가.

잠시 휴대폰에서 귀를 뗀 해주가 어처구니가 없다는 듯이 중얼거렸다.

본인의 상황을 누구보다 잘 알고 있을 사람이, 제정신으로 할 소리는 아니지 않나?

"엄마가요? 김별 양한테 전화를 했다고요?"

[네! 그 다이어리 잘 가지고 있느냐고도 물어봤어요. 제가 지금 나가기가 힘든 상황이라고 했더니, 자기가 오겠다고 하던데…. 괜찮겠죠?]

"아니, 절대 괜찮지 않죠. 일단 둘이서만 만나는 건 안 돼요. 제가 갈 때까지 기다려요. 최대한 빨리 갈게요."

김별은 내심 아쉬워했지만, 그렇게 하겠노라고 대답했다. 그리고 해주에게 부산에서 얻어낸 정보는 있냐고 물었다.

해주는 현관 안에서 대놓고 저를 응시하며 누군가와 통화하고 있는 여주인과 눈을 맞추었다.

"아마 있을 거예요."

통화를 끝낸 해주가 다시 민박집으로 들어갔다.

여주인도 통화를 끝냈는지 어느새 처음 봤을 때처럼 다정한 표정으로 해주에게 말을 걸어왔다.

"우리도 걔에 대해 아는 거 없어요. 부모 버리고 서울로 도망간 애를 어떻게 알겠어요? 그런 애가 갑자기 무슨 낯짝으로 여기까지 찾아왔는지도 궁금하고, 짐 가방에 돈이 있었는데 학교도 제대로 못 나온 애가 어딜 가서 그런 돈을 벌었겠어요. 어디서 나쁜 짓이라도 하고 와서 동네에 피해나 끼치진 않았나 걱정되어서 그런 거지."

"우리? 여러 명이서 찾고 있나 봐요."

"내가 그랬나? 아가씨 눈치가 참 빠르네요. 그년이랑 아는 사이라서 그런가."

"저도 그 여자랑 아는 사이는 아니고요. 그 여자 딸이랑 좀 아는 사이인데, 바빠서 더 대화하지 못하고 가는 게 아쉽네요."

여주인에게 비아냥거린 해주가 방에 들어가 가방을 챙겨 나왔다.

여주인은 말없이 해주를 지켜보다가, 대문을 나서는 것을 확인하고 뒤따라 나갔다.

민박 근처에 세워 놓은 차로 향하던 해주의 걸음이 멈추었다. 정체불명의 사람들이 해주의 차 주변을 둘러싸고 있었기 때문이다.

아, 젠장….

해주는 그들이 눈치채지 못하도록 조심스럽게 뒷걸음질을 쳤으나, 민박집 여주인이 해주의 손목을 붙들었다.

"아가씨, 승연이 어딨는지 알지?"

"모른대도요."

"모르긴, 딱 봐도 아는구만. 얘들아, 이쪽이다!"

여주인이 해주의 차 근처에 몰려 있던 이들을 불러들였다.

여주인의 친척인지, 온 동네 사람들이 다 돈에 눈이 돌아버린 건진 몰라도 일단 이 상황을 피해 도망가야 했다. 해주는 여자의 손을 뿌리치고 달렸다.

저 무리에 붙들렸다간 못해도 몇 시간 동안은 민박 밖으로 나오지 못할 터였다. 쫓아오는 이들을 피해 도망치던 해주가 버스정류장에 잠시 멈춰 섰다.

아직 여주인의 무리와는 거리가 벌어져 있으니, 멀리 보이는 택시를 잡아타면 끝이었다. 해주는 도로까지 내려가 다가오는 택시를 향해 손을 흔들었다.

해주 근처로 다가온 택시가 천천히 속도를 줄이는 찰나, 누군가 해주의 팔을 덥석 잡았다. 화들짝 놀란 해주가 뒤를 돌았다. 슈퍼마켓에서 봤던 늙은 남자였다.

"아가씨, 어디 가?"

이거 다 한통속이네. 해주는 억지로 미소 지으며 일이 생겨 서울로 돌아가야 하니 팔을 놓으라고 얘기했지만, 남자는 저도 부탁받은 일이라 어쩔 수 없다며 해주를 인도로 끌고 올라갔다.

"그 여자랑 아는 사이가 아니래도! 짐 가방이 뭔지도 모르는데. 자꾸 귀찮게 왜 이래요?"

"난 몰라, 그냥 잡으라니까 잡는 거지."

해주가 남자와 실랑이를 벌이는 동안 다가온 여주인과 돈다발의 추종자들이 해주를 완전히 둘러쌌다. 김승연이 어디에 있는지, 김승연에게 그런 돈이 어떻게 생겼는지, 한참이나 대답해 줄 수 없는 질문만 해대던 이들이 민박집 여주인의 손짓에 조용히 입을 다물었다.

그녀는 해주에게 넌지시 말했다.

"아가씨가 승연이 어딨는지만 알려주면 조용히 끝날 일이에요."

"몰라요. 나도 찾고 있거든요?"

단 하나의 거짓도 없이 사실만을 얘기해도, 대화가 통하지 않았다.

목구멍 끝까지 차오른 욕설을 삼킨 해주가 억지로 사람들 틈을 비집었다. 그러자 누군가 뒤에서 해주의 머리카락을 당겼다. 생전 잡혀본 적 없는 머리채를 잡히고 얼이 빠질 대로 빠진 해주가 중심을 잃고 넘어지는 순간, 누군가 길게 경적을 울렸다.

해주를 포함한 모든 인물이 동시에 뒤를 돌았다.

검은색 세단이었다. 차에서 내린 남자는 키가 크고 건장한 편이었다.

그가 해주에게 다가오자 마을 사람들이 바퀴벌레처럼 흩어졌다. 여자 하나 붙들고 뭐 하는 짓들이야. 들으라는 듯 쯧, 혀를 씹으며 하는 말에 다들 나서지 못하고 꼭 입을 다물었다.

남자는 못마땅하다는 얼굴로 주변 사람을 노려보다가 해주에게 목적지까지 데려다주겠노라고 제안했다.

해주는 일단 이 상황을 모면하기 위해 차에 오르긴 했으나, 여차하면 문을 열고 뛰어내릴 작정으로 도어트림에 손을 올렸다.

차에는 운전석과 뒷좌석에 남자 두 명이, 조수석엔 여자 한 명이 타고 있었다.

여자는 해주에게 요즘 시골에선 사고가 많이 난다잖아요, 하며 말을 걸어왔다.

"겪어본 건 이번이 처음이지만 그렇네요. 전 이 마을만 벗어나면 내려주셔도 괜찮아요. 택시를 타고 갈 거거든요."

여자는 살며시 미소 지으며 해주를 돌아보곤 알겠노라고 대답했다.

차는 10분가량을 달려 가장 가까운 시내 버스정류장에서 멈췄다.

해주는 재빨리 차에서 뛰쳐나간 뒤 한숨을 몰아쉬었다. 개 같은 꼴에서 벗어났더니 더 개 같은 꼴을 보는건 아닐까 생각했는데, 평범하게 외지를 쏘다니는 여행객이었던 모양이었다.

해주는 저를 지나쳐가는 차에서 눈을 돌렸다.

10

마을에서 실랑이를 벌이는 도중에, 김별에게 부재중 전화가 두 통이나 들어와 있었다.

해주는 민박집 여주인의 눈에 띄면 일이 더 복잡해질까 부러 통화 거절 버튼을 눌렀다.

그 결과, 걱정이 누적된 김별에게 메시지가 50통은 추가로 와 있었다.

해주는 부산역에 도착한 뒤에야 무슨 일이 있는 건 아니냐고 걱정하는 김별에게 괜찮다는 답장을 보낼 수 있었다.

역에 도착해서 가장 가까운 시간에 출발하는 기차를 예매했다.

좌석이 많이 남지 않아 좌석 선택을 할 수 없었다. 기차에 오른 해주가 후, 숨을 뱉으며 창가에 머리를 박았다. 4인 동반석에다, 역방향이기까지.

의자 사이를 가로막고 있는 테이블마저 마음에 안 들었다. 그래도 어쩔 수 있나. 우선은 요한과 김별에게 오늘 있었던 이야기를 들려주어야 했다. 김승연이 어떤 기기로 전화를 했는지도 알아봐야 하고 김별에게 전화한 목적이 뭔지도 캐내야 한다.

그전에 조직에 들키지 않고 김승연을 만날 수 있을까? 윤해경에게 모습을 드러냈으니, 그쪽에서도 분명 자신의 뒤를 캤을 것이다.

차라리 김별과 요한을 멀리 불러내는 편이 나을 수도 있었다.

곧 기차가 출발한다는 안내 방송이 들려왔다. 해주는 요한에게 세 시간 뒤에 김별과 함께 서울역에 나와 있으라는 메시지를 보냈다.

[이제 문자 드려도 되나요? 방해가 될까 봐 엄청 참았어요.]

칼같이 메시지를 확인한 요한은 해주의 문자와는 전혀 상관없는 답장을 보내왔다.

[저녁에 뭐 먹고 싶은지 물어봐.]

해주도 마찬가지로 요한의 질문과는 전혀 상관없는 답장을 찍어 보냈다.

해주는 테이블에 휴대폰을 올려두고 크게 기지개를 켰다.

부모를 버리는 게 그렇게 큰 죄인가. 노후의 안전자산이 사라져서 화가 나는 것은 아니고? 여주인과 마을 사람들의 독기어린 눈을 떠올린 해주가 쯧, 혀를 찼다.

"내가 여기에 앉는 게 불편한가?"

앞에서 들려오는 목소리에 깜짝 놀라 고개를 쳐든 해주가 어느새 맞은편 좌석을 채우고 앉은 이를 바라보았다.

쯧, 혀를 차는 소리와 동시에 착석한 모양이었다. 적어도 사십 대 후반에서 오십 대로 보이는 외모인데, 그와 비교해 세련된 스타일을 갖춘 중년 남자였다.

서슴없이 말을 걸어오는 것을 보면 사람을 상대하는 일이 익숙한 사업가일 것이다. 손목에 있는 시계나 넥타이핀, 소매를 잡아주는 커프스는 천만 원을 호가하는 유명 브랜드로, 그가 어지간히 돈을 만지는 사람이 아님을 예측할 수 있었다.

이런 사람이 굳이 벽도 없이 사방이 뚫린 기차에 타고 있는 이유는, 그가 아주 검소하거나 특별히 타야 할 일이 있거나인데, 옷에 달린 장신구만 봐도 검소함과는 거리가 멀었으니 특별히 타야 할 이유가 있는 사람일 것이다.

이 자리에 앉을 어떤 사람과… 혹은 이미 앉아 있는 사람과.

남자를 위아래로 훑던 해주의 눈빛이 순간 냉정하게 바뀌었다.

남아 있는 두 좌석에는 아까 전 해주를 시내까지 태워다 준 일행 중 여자를 제외한 남자 둘이 와서 앉았다.

"몸이 아주 날쌔던데. 혹시 숨 돌릴 틈이 필요하면 기다려줄게."

해주는 휴대폰을 가방 속으로 집어넣으며 고개를 저었다. 이렇게 직접 만나러 올 줄은 몰랐다.

"그럴 시간 없어. 용건이 뭐야? 김승연에 관련된 내용이면 그냥 묻지를 마. 날 물에 빠트려 죽인다고 해도 난 모른다는 말밖에 안 할 거니까."

"내가 누군지 설명조차 듣지 않는군."

"뭐 소개가 필요한가? 손을 잡자고 온 거면 여기서 날 죽이고 가."

해주는 남자에게 이죽거리며 말했다. 남자는 속내를 알 수 없는 미소를 짓고 있었다.

"아니, 넌 내 말을 듣게 될 걸."

남자는 확신에 찬 어조로 말했다. 해주는 노골적으로 남자를 비웃으며 대답했다.

"돈으로 매수하려는 건 아니지? 그러면 좀 실망인데."

"당연히 그런 허술한 방법을 쓰진 않을 거야. 전적이 화려하던데? 과거사도 무슨 영화 같더군. 재밌게 읽었어."

"이대로 날 쭉, 따라와도 김승연은 없으니까 괜한 시간 낭비하기 싫으면 알아서 꺼져."

"아니, 아니야. 김승연을 잡을 필요는 없다고. 이미 잡았거든. 우리가 먼저. 그러니까 너는 내 명령을 따를 수밖에 없지. 안 그런가?"

그럴 리가. 김승연이 잡혔다면 김별에게 연락했을 리 없었다. 해주는 놀란 기색을 숨기며 대답했다.

"내 과거를 캐냈으면, 이런 말에 휘둘릴 사람은 아니라는 건 알겠지."

김승연이 김별에게 연락한 시간과 김별이 해주에게 말을 전해준 시간, 다시 해주가 김별에게 연락한 시간의 공백을 따지면, 조직에서 충분히 그녀를 잡을 시간이 있었다.

남자가 하는 말이 그저 자신을 흔들어보려고 하는 말은 아니란 것이다. 다만, 김승연을 잡았든 잡지 못했든 조직이 해주에게 이 사실을 알릴 필요 또한 없었다.

따로 자신에게 접근해야만 하는 목적이 있었으리라.

지금은 그 목적을 찾는 것이 급선무였다.

"증거가 필요하다는 말인가? 좀 잔인해도 괜찮을까 모르겠네."

"증거, 좋지. 난 원래 안 보이는 건 안 믿는 주의라서."

남자는 부드럽게 미소 지으며 재킷 안주머니에 손을 넣어 휴대폰을 꺼냈다.

남자는 원한다면 김승연과 통화하게 해줄 수도 있고, 현재 김승연이 무슨 꼴로 있는지 보여줄 수도 있다고 했다.

해주는 남자의 두 가지 제안을 모두 거절했다.

아직 내 말 안 끝났어. 해주가 덧붙인 말에 남자는 한쪽 눈썹을 치켜 올렸다.

"왜 나한테 이런 얘길 하는지부터 듣고 싶은데."

"김승연이 남의 돈을 훔쳐서 달아난 건 알고 있나?"

"그건 나랑 얘기할 게 아니지, 김승연을 잡았으면 김승연하고 얘기해."

"나도 승연이처럼 영악한 애를 내치고 싶진 않아. 처음엔 네 말대로 김승연과 대화를 시도했지. 근데 좀처럼 입을 열지 않더라고."

"그래서 내 도움이 필요하다?"

"거래하자고. 내가 원하는 걸 찾아주면, 김승연을 무사히 딸에게 보내주지."

남자는 자신의 목적이 무언지 숨기려 하지 않았다. 조직에서 원하는 건 그녀가 빼돌린 돈일 테고, 그 돈을 되찾기 위해 찾은 사람이 자신이라면… 김별과 김승연이 연락을 주고받은 사실을 이미 알고 있을 확률이 높았다.

김승연에게선 돈을 찾을 수 없으니, 그녀의 가장 가까운 주변부터 캐내려는 속셈일까?

"김승연을 어디서 찾아낸 건지 알려줘."

"거의 제 발로 기어들어 왔지. 휴대폰을 사용했거든. 마음이 약해졌나?"

아아, 해주가 예상했다는 듯 탄식했다. 김승연이 김별에게 연락을 해왔다는 것 자체가 이상했다. 갑작스럽게 어떤 전조도 없이.

"그 여자한테서 얻어낼 게 없으니까, 딸을 쥐어 짜보려는 거야? 근거는?"

김별에게 접근해봐야, 김승연이 집에 남기고 간 것은 고작 다이어리 하나였다.

그것만 가지고 움직이기엔 감수해야 할 위험이 너무 많았다. 김승연에겐 없고, 김별에게 있는 확실한 무언가가 존재하지 않는 이상.

"근거가 없으면 여기까지 오지도 않았어. 김승연이 말해줬거든. 빼돌린 돈은 금고에 있는데, 자긴 그 위치를 모른다더군. 그렇지만, 제 딸이 뭔가 알고 있을 수도 있다면서 말이야."

그러나, 해주의 예상은 완전히 빗나갔다. 놀랍게도 확실한 증거가 존재했다. 그것도 김승연의 입에서 나온 확실한 증거가.

"그 말을 믿어요?"

"기절 직전까지 맞으면서 앵무새처럼 저 말만 반복하면, 믿을 만하지 않겠나?"

해주는 차라리 김승연이 죽는 편이 나았을 것이라는 극단적인 생각을 버리기 위해 노력하며 남자에게 말했다.

"제대로 통성명부터 다시 하죠."

남자의 말을 완전히 믿는 건 아니었다. 김승연이 말하지 않았을 수도 있고, 김승연이 없을 수도 있고, 만일 앞의 전제가 전부 사실이라고 해도 필요한 정보만 알아내고 저를 포함한 여럿을 매장하려 들 수도 있었다. 최악을 면하려면 차악을 선택해야 하는 법이다. 현재 해주에게 주어진 차악은 남자의 명령을 순순히 듣는 것뿐이었다.

남자는 해주에게 명함을 내밀었다. 해주는 이름과 이메일만 있는 명함을 확인했다.

'황인범'

이름과 메일을 제외하곤 아무것도 알 수 없는 명함이었다.

이런 명함은 왜 들고 다니는 거야? 해주는 비아냥대는 말이 나오려는 것을 꾹 참았다. 남자, 황인범은 해주의 반응을 살피듯 유심히 해주를 바라보았다.

"네 의뢰인을 조사해. 김승연이 숨긴 돈이 어딨는지 증거를 잡아서 가져오면…."

"김승연이 이 일에서 완전히 손을 뗄 수 있게 해주겠다?"

황인범은 과장되게 고개를 끄덕였다. 그 모습을 물끄러미 바라보던 해주는 이내 시키는 대로 하겠노라고 대답했다.

"각서라도 쓸까?"

황인범의 말에 해주가 아주 가소로운 소리를 들은 것처럼 눈을 가늘게 뜨고 그를 노려보았다.

해주는 숨어서 남에게 일감을 돌리는 놈이 직접 앞에 나타났다는 게 어떤 의미인지 모를 만큼 멍청하지 않았다. 조심성이 없거나, 살려둘 생각이 없거나. 아마도 후자일 것이다.

황인범의 의도는 정확히 드러나지 않았지만, 이런 상황을 대비해 두는 것 또한 탐정의 일이니 상관없었다.

***

해주는 서울역 근처 카페에서 기다리고 있던 요한과 김별을 만나 부산에서 있었던 일들을 이야기했다.

부산에 있는 고향 집에 들른 김승연이 마을 사람들의 노기에 못

이겨 쫓기듯 떠났다는 말에는 김별이 찔끔 눈물을 보였다.

해주는 차마 그렇게 안쓰러운 네 엄마가 조직에게 잡혀 네 이름을 팔았다고는 말할 수가 없어, 조직의 중요 인물과 접촉했다는 사실만 알렸다.

"아, 혹시 다이어리 가져왔어요?"

"당연히 챙겼죠!"

"잠깐 다이어리 좀 볼 수 있어요? 다른 건 아니고, 확인해볼 게 있어서."

김별은 별 의심 없이 해주에게 다이어리를 건넸다.

황인범은 김별에게서 증거를 찾아내라 했지만, 해주에게 주어진 정보는 너무 빈약하고 막연했다. 증거가 다이어리에 있다고 해도 그걸 찾아내는 데 얼마나 오랜 시간이 걸릴지 몰랐다.

해주는 가까운 식당에서 저녁 식사를 하는 내내 다이어리를 살피며 고민했다. 해주의 분위기가 평소와 다르다는 걸 눈치챈 요한이 몇 번이고 해주에게 무슨 일이 있는지를 물어왔다. 해주는 아무 일도 없다고 대답하며 맞은편에 앉은 요한의 발을 툭, 건드렸다.

식사가 끝나고 해주는 사무실에 일이 있다는 핑계로 김별을 먼저 택시에 태워 자신의 집으로 보냈다.

요한은 해주 옆에서 손을 팔랑팔랑 흔들며 김별에게 인사했다.

김별이 탄 택시가 완전히 시아에서 벗어났음을 확인한 해주가 요한의 손목을 붙들고 근처의 프랜차이즈 카페로 향했다.

"무슨 일이에요?"

"김승연이 조직에 잡혔어요."

"누가요?"

간단히 주문을 마치고 빈 의자에 앉은 요한이 얇은 겉옷을 벗다 말고 놀란 얼굴로 되물었다.

부산에서 겪었던 일부터 차근차근 설명하기엔, 전혀 복잡하고 상관없는 과정들까지 늘어놓아야 했으므로 황인범과 있었던 일만을 털어놓았다.

"그쪽이 김승연을 볼모로 금고를 찾아 달라고 했는데, 금고를 찾기 위한 단서가 김별 양한테 있대요. 뭔진 모르고요. 그 뭔지 모를 증거를 찾아주면 김승연을 풀어주겠다고 하더라고요. 여기까지가 그쪽에서 요구한 거고, 일단은 받아들였어요."

"앞으로 어디 다닐 땐 같이 다녀요…."

"괜찮아요. 이런 일 한두 번 겪는 것도 아니고. 제 생각에 증거가 될 수 있는 물건은 아마도 김별 양의 소지품에 있을 거라고 봐요. 집에 숨겼다면 김승연이 김별을 언급할 필요도 없었겠죠. 그쪽에서도 이미 집은 뒤엎다시피 했을 거예요."

가장 큰 문제는, 이 사실을 김별에게 어떻게 말하느냐였다.

해주가 요한에게 털어놓은 이유도 김별과 지내는 동안 적당히 유대감을 쌓았을 테니 요한을 통해 김별에게 전하기 위함이기도 했다.

괜한 거짓말을 했다간 후에 진실을 알게 된 김별이 수습하지 못할 사고를 칠까 걱정이 되기도 했다.

"탐정님."

"그리고 제가 하고 싶은 말은, 요한 씨가 김별 양에게 이 사실을 전해주세요."

요한이 초조하게 눈을 깜빡였다.

요한의 시선은 해주가 아닌 옆으로 비껴가 있었다. 혹시 부담스러

위서 그러는 거라면…, 해주가 요한에게 말을 덧붙이려는 찰나였다.

끽, 의자를 끌어오는 소음과 함께 김별이 나타났다.

정확히는 해주의 시야에 나타난 것이니, 언제부터 있었는지는 확실치 않았다.

"다이어리 가져갔잖아요."

"…아, 여기요."

해주는 가방 속에서 삐죽 튀어나온 다이어리를 꺼냈다. 가져가려던 것은 아니고 무심코 가방에 넣어둔 채 잊고 있었다.

"돌려달라곤 안 했어요. 어차피 필요할 거 아네요? 저 난리 안 칠게요."

김별이 테이블에 올라온 다이어리를 다시 해주 쪽으로 쭉, 밀면서 말했다.

"탐정님 허락 없이는 아무 데도 안 가요. 저 이미 대학도 포기했어요. 시키는 일만 할게요."

테이블에 팔꿈치를 괸 채 가만히 김별을 주시하던 해주가 건네받은 다이어리를 다시 가방에 넣었다.

의뢰인에게 미행을 당한 것은 처음이라 좀 당황스럽긴 했지만, 본인이 적극적으로 돕겠다면 요한에게 번거로운 짓을 시키지 않아도 되니 잘된 일이었다.

해주는 황인범의 명함을 꺼내 김별에게 보여주었다.

"오늘 만난 사람이에요. 아는 이름이에요?"

"처음 봐요."

"뭐 생각나는 게 있으면 그때그때 말해줘요. 집에 두고 온 물건 중에서 마음에 걸리는 게 있으면 가져와 달라고 해도 괜찮아요. 요

한 씨가 다녀올 거니까. 오늘 무슨 사정이 있었는지 한 번 더 말해
야 할까요?"

"아뇨, 괜찮아요."

망설임 없이 대답한 김별이 사뭇 진지한 얼굴로 황인범의 명함을
들여다보았다.

해주는 양손으로 눈두덩이를 세게 문질렀다. 분명 잘된 일임에도
불구하고, 이상하게 꺼림칙한 기분이 들었다. 뭔가 놓치고 있는 부
분이 있나? 고민을 해보아도 잘 떠오르지 않았다.

11

다음 날 아침, 해주는 사무실이 아닌 김승연과 김별이 살았던 빌라로 향했다. 요한과 김별도 함께였다.

예상대로 집은 난장판이었다. 벽이고, 바닥이고 전부 뜯어내 보수공사를 덜 마친 집처럼 보일 만큼 너덜너덜했다. 웬만한 물건은 전부 바닥에 나뒹굴고 있었다.

"이래서야 뒤질 것도 없겠어요."

서랍장을 열어보던 김별이 허탈하게 말했다.

금고는커녕, 지폐 한 장 보이지 않았다. 집 안 곳곳에 숨겨져 있던 지폐는 이미 조직에서 죄다 털어간 모양이었다.

해주는 김별에게 쉬고 있으라고 했다. 김별은 지친 기색이 역력했다. 엄마에게 전화가 온 이후로 거의 잠을 자지 못했다고 들었다.

30분가량 집 안을 살폈지만 이렇다 할 물건은 보이지 않았다. 사라진 물건도 있었다. 돈이 될 만한 물건은 거의 다 사라졌다고 봐도 무방했다.

결국 한 시간도 채우지 못하고 집을 나섰다. 황인범에게선 어떤 연락도 없었다. 그가 언제 연락을 취해 올지 몰라 휴대폰을 손에 쥐고 있는 시간이 길어질수록 스트레스가 쌓였다.

김별의 집을 헤집고 돌아온 다음 날, 사무실을 이전했다.

정확히는 간판도 달아놓지 않았던 사무실을 찾아내 침입한 황인범의 무리가 쑥대밭을 만들어 놓은 탓에 강제로 옮기게 되었다.

어차피 옮겨도 알아낼 거라면 굳이 옮길 필요가 없지 않겠느냐는 요한의 말에 어느 정도 공감하긴 했지만, 구태여 그곳만 고집하고 있을 필요는 없었다.

꼭 가지고 가야 할 물건만 챙겨 나온 해주가 임시 사무실의 위치를 고민하던 찰나 요한이 김별의 집에서 멀지 않은 호텔에서 지나치게 넓은 패밀리 룸을 한 달이나 빌려 왔다.

갑작스러운 사정이 생겨 당일 아침에 찾아온 것치곤 호화스러움을 넘어 사치스럽기까지 한 고급 호텔이었다. 요한은 객실 내부에 짐을 풀고 가만히 저를 바라보는 해주에게 변명하듯 말했다.

'얼마 안 들었어요.'

'내가 세상 물정 모르는 어린애 같아요?'

불쾌하다는 듯 인상을 찌푸린 해주가 요한에게 되물었다.

요한은 친척 중에 호텔에 근무하는 사람이 있다는 둥 말을 늘어놓다가 다음 주까지 영수증을 청구해서 올리겠노라고 대답했다.

방법이 의문스럽긴 하지만 사무실을 싹 뒤져 도청장치나, 초소형

키메라를 찾아내거나 발로 뛰어 임시 사무실을 구할 시간을 절약했으니 편리하긴 했다.

건물 자체가 거대하고 보안이 철저한 호텔은 조직이 마음대로 들어와 난장판을 부릴 수 없다는 점이 가장 큰 장점이었다. 해주는 임시 거처를 구해온 것도 어련히 요한의 능력이겠거니, 일단락 짓고 넘겼다. 사실 요한을 들쑤시기엔 더 중요한 일이 남아 있었다.

"오늘부터 이틀 안에 증거를 찾아낼 거예요. 잠자는 건 포기해요."

아직 넓은 호텔 방에 적응하기도 전에, 수면 금지령이 떨어졌다.

"이틀이요?"

소파에 늘어지듯 누워 있던 별이 뜨악한 표정으로 일어나 해주에게 되물었다.

입실이 채 하루도 지나지 않았으니, 이틀이라면 내일까지 찾아야 하는 거나 다름없었다.

별은 해주에게 시간이 너무 촉박한 것 아니냐고 불만을 토로했다. 해주에게 친모의 실종을 의뢰한 지 어느덧 한 달이 다 되어가고 있었다. 그렇게 쉽게 뚝딱 찾을 수 있는 거였다면, 진작 찾아내고도 남을 시간이 아니던가.

해주는 대답 대신 작은 짐 가방에서 휴대폰 단말기 두 대를 꺼내 올렸다.

별의 휴대폰과 같은 기기였다.

별은 해주가 저 몰래 휴대폰을 빼냈겠거니 여기며, 자신의 옷 주머니를 뒤적였다.

"언제 또 가져가셨….."

바지, 가방, 외투의 주머니를 확인하던 별이 말을 멈추었다.

예상과 달리 휴대폰은 입고 왔던 얇은 외투에 있었다. 그럼 저건….

별은 제 것과 똑같은 디자인의 기기를 자못 심각하게 바라보았다.

여태껏 별이 겪어온 해주의 행동이 으레 그렇듯 제대로 된 설명을 듣기 전엔 의중을 알아채기 힘들었다. 해주는 두 대의 휴대폰 중 한 대를 요한에게 건넸다.

"이건 김별 양 휴대폰에 있는 데이터를 백업해서 옮겨놓은 휴대폰이에요."

언제 휴대폰을 가져가서 데이터를 백업했는지 짐작조차 되지 않았다. 심지어 허락도 없이.

원래 그런 성격이라는 걸 알지만, 먼저 허락을 구했다면 기꺼이 내줬을 텐데.

김별은 이내 슬그머니 입을 다물었다.

해주는 별에게 액정화면이 보이도록 내민 상태에서 휴대폰의 전원을 켰다.

연락처, 메신저, 문자함, 메모장, 갤러리.

작은 직사각형 모양의 기계는 수없이 많은 정보를 축적하고 있었다. 해주는 하나도 빠짐없이 확인하라고 단호하게 말했다.

별은 먼저 엄마와 나눈 대화가 모여 있는 메신저 대화창에 들어갔다. 어디야, 집, 어디야, 집. 무미건조하기 짝이 없는 문자였다.

엄마와의 대화창에서 특별히 이상한 부분을 감지하지 못한 별이, 문득 드는 호기심에 질문하듯 한쪽 손을 들고 해주에게 물었다.

"왜 하필 휴대폰이에요?"

"뭐가요?"

"전까지는 다이어리라거나, 엄마가 남기고 간 계좌를 우선해서 찾았잖아요."

"이제 와 휴대폰을 찾는 게 이해가 안 되나요?"

별은 네, 하고 대답했다.

시종일관 손에 들고 다니던 휴대폰에 관심을 보이는 것이, 꼭 다른 작전이 있는 건 아닌지 의심되었다. 해주의 무표정한 얼굴은 처음 만나 의뢰를 부탁할 때보다도 더 차갑고 냉정했다.

"다이어리나 통장도 있잖아요. 만약 확실한 단서라면 왜 그런 생각을 하게 됐는지……."

어물어물 말을 끝낸 별이 해주의 눈을 피해 고개를 돌렸다. 해주의 눈이 저를 꿰뚫어 보고 있는 것만 같았다. 의도를 파악할 수 없는 무표정한 얼굴이 금방이라도 저를 방 밖으로 쫓아낼까 무서웠다. 여기서 예민한 반응을 보였다가, 혹여나 해주의 심기를 건드릴까 우려하는 마음이 들었다.

별이 켜켜이 걱정을 쌓는 와중에 해주가 별의 눈앞에 대고 딱, 소리가 나도록 엄지와 중지를 부딪쳤다.

"둘이서 대화하다가 혼자만의 공상에 빠지는 건 예의가 아니죠. 하고 싶은 말이 있으면 말해줘요."

"다른 단서들은 아무 희망이 없나요? 다이어리라든가. 거기에도 뭔가 숫자가 있었잖아요. 갑자기 휴대폰만 본다는 게 이해가 안 되어서요."

"정말 할 말이 그거뿐인가요?"

별이 어물어물한 태도로 그렇노라고 대답했다.

해주는 가방에서 다이어리를 꺼내 테이블에 올리고 휴대폰을 그 옆에 놓았다.

"황인범이 했던 말 기억해요? 김승연이 숨긴 물건에 대한 단서를 김별 양이 가지고 있을 수도 있다는 거요."

별이 작게 고개를 끄덕였다.

해주에게 말하지 못했지만, 사실 황인범의 그 발언이 해주에게 어떤 영향을 주진 않았을까 겁이 났다. 휴대폰의 데이터 복사 또한 감시의 일종은 아닐까 무서웠다.

해주가 다이어리를 들어 펼쳤다. 꼼꼼하게 써넣은 가계부와 마지막 페이지에 쓰여있는 '6885'라는 숫자를 차례로 눈에 담았다.

"김승연이 거짓말을 한 게 아니라면, 그 단서는 분명 김별 양에게 있을 거예요. 조직에 잡힌 이상 거짓말을 할 필요는 없겠죠. 목숨이 걸린 상황이니까요. 그럼 김승연이 말한 김별 양이 '알 수도 있는' 단서에는 무엇이 있을까요? 단순히 김별 양에게 스쳐 지나간 물건만 따지면 다이어리를 포함해서 수없이 많은 종류가 있을 거예요."

"네, 저도 그렇게 생각해요."

그래서 굳이 휴대폰을 고른 것이, 자신에 대한 불신에서 시작된 것은 아닐까, 싶은 것이다.

해주는 다시 다이어리의 표지를 덮어 테이블에 내려놓았다.

"하지만 김승연이 그렇게 말했다고 해서, 조직에서 쉽게 김승연의 말을 믿어줬을까요? 결국 단서를 숨긴 사람은 김승연이에요. 김별 양이 뭘 알고 있든 김승연보다 더 자세히 알고 있진 않겠죠. 나에게 거짓말을 하지 않았다면…."

"거짓말하지 않았어요. 정말이에요."

"알아요, 믿어요."

해주는 덤덤하게 대답했다.

별은 갑작스레 왈칵 차오르는 마음을 달래기 위해 크게 숨을 내쉬었다.

"조직이 저를 찾아온 건, 김승연을 아무리 다그쳐도 알아낼 수 있는 정보가 딱, 거기까지였기 때문이에요. 게다가 김별 양을 끌어들이면 조직에선 신뢰도가 상승하지 않겠어요? 자기 딸을 거는 엄마가 가벼운 마음일 리 없을 거라고 생각할 테니까요. 저런 감정을 바탕에 두고 정리한 조건은 첫째, 단서는 김승연에게 없고 둘째, 김별양이라면 알 수도 있다! 이렇게 된 거겠죠."

별은 혼란스러운 머리를 좌우로 탈탈, 털었다. 단서를 숨긴 당사자가 어떻게 모를 수 있다는 건가, 게다가 별은 정말 어떤 것도 알지 못했다. 어떤 것도.

"단서는 굉장히 유동적으로 움직이기 쉬운 장소에 있을 거예요. 그게 물건이라면 들고 다니기 간편한 것들이겠죠. 지갑, 다이어리, 가방 등등. 하지만 저 중 어느 것도 김승연의 손을 타지 않고 김별양에게 올 순 없어요. 김별 양과 상호합의 하에 숨겨둔 증거가 아니니까요. 그럼에도 김승연이 개입하지 않아도 증거를 옮기기 쉽고, 또 숨기기 쉽고, 의심을 사긴 어려운 도구. 집에 두고 다녀야 할 만큼 무겁고 들고 다니기 불편하지 않으면서, 중요한 순간에 가장 먼저 챙길 만한 물건은, 하나뿐이에요."

해주가 다시 휴대폰을 들었다.

"휴대폰은 번호만 알고 있다면, 누구든 쉽게 자료를 보낼 수 있어요. 그 금고가 실제로 있는 금고인지, 사이버 세계에 존재하는 금고인지는 확실하지 않지만. 김승연의 손을 타지 않고 찾을 수 있는 단서는 휴대폰밖에 없어요. 제가 이 휴대폰 데이터를 백업한 건, 김별 양을 의심해서가 아니에요."

총기를 띠던 해주의 눈이 아주 잠깐 부드럽게 풀린 채 별을 바라보았다.

"마, 만약 아니면요?"

"김승연이 황인범에게 한 자백이 거짓이 아니라면, 아닐 확률은 없다고 보지만, 만일 상황을 모면하기 위한 거짓말이었다면…."

"그러면…?"

"죽겠죠."

해주가 잠깐의 틈을 두고 말했다.

별은 입술을 사려 물었다가 그렇군요, 하고 대답했다. 그냥, 정말 그럴 수도 있겠거니 담담하게 생각했다.

엄마는 남의 검은 돈을 세탁해 주다가, 그 돈 중 일부를 빼돌렸다. 이것만으로도 엄마가 얼마나 묵직한 죄를 지었는지를 알 수 있었다. 별은 처음보다 단단해지고, 무던해진 제 반응이 어색하게 느껴지다가도 차라리 이편이 나을지도 모른다고 생각했다.

그렇다고 해서 엄마를 구하고 싶은 마음이 사라진 것은 전혀 아니었다. 다만, 어느 정도는 거리를 두고 상황을 볼 수 있게 되었을 뿐이다.

"정말 이틀이면 되는 거예요?"

"이틀간 찾지 못하면 열흘을 준다고 해도 못 찾을 거예요. 어차피 우리가 그동안 들여다볼 건 하나뿐이잖아요."

해주의 말대로, 이틀이면 휴대전화를 뒤지기엔 충분한 시간이었다. 별이 메신저 창으로 다시 시선을 돌리고 알겠노라 대답했다.

메신저에는 딱히 이상한 점이 없었다. 남들과 연락을 자주 하지 않아 확인할 부분도 적지 않았다. 해주는 먼저 연락처를 찾았다. 요한은 휴대폰 내부에 다운로드 된 파일을, 별은 메신저를 뒤졌다.

하지만 별은 탐탁지 않은 감정에 눌려 활자가 눈에 잘 들어오지 않았다. 별은 왜 하필 그 단서가 제 휴대폰에 있는지를 다시 한 번 곰곰이 생각했다. 해주가 아니었다면, 저도 조직에 끌려가 곤욕을 치르고 있을 것이다. 그 원인을 초래한 인물이 친엄마라는 게 믿기지 않았다.

'엄마는 나를 팔아서 자기 목숨을 샀구나.'

엄마가 아니라, 그냥 같이 사는 여자라고 생각하면 전부 말이 되었다. 하나부터 열까지. 저를 버리고 도망간 것과 잡힌 후에 자백한 것까지.

화가 나진 않았다. 다만 엄마와 다시 만난다고 해도, 그 전처럼 함께 살 수 있을지는 장담할 수 없었다.

"그, 조직 사람들은 아직 모르는 거죠?"

"몰라요. 하지만, 애초에 김승연이 황인범에겐 금고에 있노라고 밝혔잖아요. 죽이 되든, 밥이 되든 그 금고를 찾고 싶어 할 텐데, 무슨 짓을 당해도 금고를 찾은 뒤일 테니 걱정 말아요."

걱정이 안 될 수가 없었다. 별은 그다지 위로가 되지 않는 해주의 말에 애써 기운을 내는 척 어깨에 힘을 주고 네모난 액정을 뚫어지게 노려보았다.

"어, 탐정님."

조용히 휴대폰을 뒤지길 몇 시간째, 존재조차 희미하게 느껴지던 요한이 큰 소리로 해주를 불렀다. 그러면서도 요한의 눈은 휴대폰에서 떨어지지 않았다.

별은 요한의 곁으로 다가가 액정을 확인했다. 다운로드 폴더 화면이 띄워져 있었다.

"숨겨진 파일을 보려고 설정을 바꿨는데, 이런 게 나왔어요."

요한의 손이 '패스워드'라는 이름으로 된 텍스트 파일을 눌렀다.

파일 안에는 익숙한 네 자리 숫자가 써 있었다.

해주는 가방 속에 넣어둔 다이어리를 꺼내 마지막 장을 펼쳤다. 다이어리에 쓰인 숫자와 동일한 숫자가 텍스트 파일에 입력되어 있었다. 패스워드, 비밀번호.

"언제 받은 파일이에요?"

"올해 3월이요. 이게 단서는, 아니겠죠?"

"…엄마가 알고 있는 정보이니까요?"

별의 질문에 해주가 그렇다고 대답했다.

"그래도, 두 군데 다 있는 걸 봐선 완전히 연관이 없진 않을 테니, 단서를 찾은 뒤에 다른 단서와 함께 조합해봐요."

"네!"

별이 목소리를 높여 대답했다. 그저 겹치는 무언가를 찾아냈을 뿐인데, 가슴이 긴장으로 두근거렸다.

12

김승연이 김별의 휴대폰에 무슨 짓을 했다는 사실에 대한 증거는 빠르게 잡아냈으나, 단서를 입증할 만한 증거는 감감무소식이었다.

새벽녘 해주는 꼬박 밤을 새우느라 피곤해진 머리를 식히기 위해 커튼을 활짝 열고, 창틀에 걸터앉았다.

휴대폰 속에는 단서라고 추리하기엔 너무 평범한 것들밖에 없었다.

사진첩, 메모장, 클라우드, 메일. 휴대폰이 가지고 있는 대다수 기능을 확인했으나 짐작 가는 단서 하나 잡지 못했다.

메시지 함조차 대부업체에서 보낸 스팸 메시지가 전부였다. '금고', '보관' 따위의 키워드로 검색을 아무리 찾아도 의심할 만한 내용은 나오지 않았다. 어쩌면 금고가 다른 무언가를 상징하는 것은 아닐지 고민이 들기도 했다.

예컨대 누군가의 대포통장이나, 요즘엔 찾아보기 힘든 전당포라든가.

사실 금고는 장물을 맡기기엔 절대 안전하지 않기에 다른 방향으로 생각이 뻗어 나갔다. 누구보다 그 사실을 잘 알고 있을 사람이 왜 금고에 돈을 맡겼을까?

해소되지 못한 의문을 품고 막 동이 트기 시작하는 하늘을 물끄러미 바라보던 해주 곁으로 요한이 살며시 다가왔다.

노크하듯 창문을 두드리는 손짓에 해주가 요한을 돌아보았다.

"피곤하실까 봐."

요한이 손에 들고 있던 머그잔을 해주에게 내밀었다.

해주는 요한에게 머그잔을 건네받았다. 무슨 고민이라도 있느냐고 물어오는 요한에게 해주는 입을 꾹 다물고 침묵했다.

도움을 구하고 싶은데, 뭐라고 설명을 해야 좋을지 아리송했다. 요한은 그럴 줄 알았다는 듯 해주에겐 빈 컵만 받아가겠다고 말했다.

해주는 뜨거운 커피를 단숨에 들이켰다. 요한은 놀란 얼굴로 컵을 옮겨 받았다.

"바쁘신가 봐요."

"그런 건 아니고. 이봐요, 서문요한 씨."

해주가 자리를 뜨려는 요한의 손목을 덥석 붙잡았다. 요한이 휘청, 해주 곁으로 끌려왔다. 요한은 머그잔을 창틀에 올려놓았다.

"왜요?"

"만약 서문요한 씨라면, 휴대폰 어디에 숨겨놨을 것 같아요?"

"제가 만약, 김승연과 같은 상황에 놓여 있었다면……."

요한이 휴대폰의 버튼을 눌러 액정을 켰다. 말없이 휴대폰을 깨작이던 요한이 이내 멋쩍은 표정으로 대답했다.

"…잘 모르겠어요. 김승연 씨는 예상하기가 어려워요."

"왜요?"

"혼자서 여기까지 해낸 걸 보면, 범상한 사람은 아니잖아요. 그 비범한 속을 읽기가 쉽지 않네요. 그냥 찾을 수 있는 건 전부 다 찾아보는 게, 제가 하는 어설픈 추리보다 나을 거 같아요. 기껏 물어봐주셨는데, 도움이 못 돼서 아쉽네요."

요한의 말에 해주가 아, 하고 작게 탄식했다.

"도움 됐어요."

"으응, 그랬다니 다행이에요."

지금까지 해주는 무의식중에 김승연을 '운이 나쁜 의뢰인의 엄마'라고 생각했다.

일종의 편견이었다. 그것은 그녀가 수십 년간 은행의 의심을 사지 않고 일한 유능한 직원이었단 사실을 단숨에 없는 사실로 만들어버린 것이나 다름없었다.

그녀가 이 일에 얼마나 박식한지, 또 얼마나 철저한지는 고려하지 않았다. 조직의 눈에 띄지 않고 삼 개월이나 되는 시간을 도망다녔음에도 말이다.

자신이 아는 것을 김승연이 모를 리 없다고 가정해보자.

안전하지 않은 돈은 쉼 없이 움직여야 했다. 김승연이 말한 금고는 보편적인 금고의 개념이 아닐 수도 있다.

별의 휴대폰에서 '금고'나 '장소'라는 단어가 포함된 문장을 찾는 건 아무 의미가 없을 거란 사실을 깨닫고 나자 머릿속에 희미하게 끼어 있던 안개가 걷히는 기분이었다.

해주는 김별의 휴대폰을 들어 연락처에 등록되어 있지 않은 번호에서 온 메시지들을 하나씩 살피기 시작했다.

수없이 많은 광고 문자와 청구서 따위의 메시지를 홀홀 넘겨보던 중 3월부터 바로 이번 달까지 같은 번호로, 꾸준히 들어온 메시지가 해주의 눈에 박혔다.

[DD택배. 상품을 무사히 이송 중입니다. 언제든지 재발송을 원하시면 100% 안전하게 돌려드립니다. 운송장 번호 203430881 배송비 무료.]

겉보기엔 낯선 택배업체의 홍보 문자처럼 보였으나, 이송 중 재발송이라는 상식적으로 이해가 되지 않는 과정과, 같은 문자를 몇 개월에 걸쳐 같은 번호로 보낸 것, 또 국내 택배업체가 한정되어 있다는 걸 생각하면 그저 단순한 스팸 메시지가 아님을 눈치챌 수 있었다.

해주는 포털 사이트에 회사명을 검색했다. 공식 사이트는 없었지만, 간간이 웹 사이트에 올라온 홍보 글이 보였다.

홍보 글에서마저 정확히 어떤 목적의 회사인지는 자세히 나와 있지 않았다. 글 마지막에 써 있는 상담 번호로 전화를 했지만, 신호만 갈 뿐 연결되지 않았다.

해주는 잠시 침대에 누운 김별에게 문자를 보여주며 물었다.

"여기서 물건 시킨 적 있나요?"

김별은 해주가 알려준 메시지를 위에서부터 쭉쭉, 내리며 읽었다.

전혀 모르는 눈치는 아니었다. 잠에서 덜 깬 몽롱한 얼굴로 잠시 고민하듯 천장을 바라보던 김별이 고개를 가웃, 기울이며 말했다.

"택배를 보낸 적도, 받아야 할 것도 없는데, 자꾸 메시지가 오길래 스팸 문자인 줄 알았어요. 계속 문자를 보내는진 몰랐어요. 문자가 도착해도 소리가 울리지 않도록 설정했거든요. 메신저랑 헷갈리니까. 근데, 이게 왜요?"

"보통 광고성 메시지는 같은 번호로 보내지 않는데, 여섯 번이나 들어왔어요. 택배라고 되어있는데 정식으로 등록된 업체는 아니고, 웹 사이트에 글을 올려 홍보하더라고요. 자세한 내용도 없고, 스팸으로 치부하기엔 좀 찝찝해요."

"여기 운송장 번호가 있어요."

"정식 업체가 아니라서 운송장 번호로 확인할 수가 없어요."

혹시나 하는 마음에 유명한 택배업체에서 운송장 번호를 검색해 보았지만, 아무런 결과도 찾을 수 없었다.

운송장 번호는 처음 문자가 왔던 3월부터, 6월까지 변함없었다. 혹시나 아무 숫자나 나열해놓은 번호에 링크가 걸려 있는 건 아닌지 김별의 휴대폰을 가져와 검지로 번호를 눌러보기도 했으나 아무런 반응이 없었다.

해주는 오래 고민하지 않고 통화버튼을 터치했다. 기본 연결음이었다.

업체에서 사용하는 휴대폰이 아니라, 개인의 휴대폰인 걸까?

수신음이 가는 동안 화면에 떠 있는 시간을 바라보던 해주가 휴대폰을 통해 들려오는 목소리에 잽싸게 자세를 고쳐 앉았다.

"여보세요?"

[네, 이 새벽엔 무슨 일이신가요.]

상대는 이십 대 중후반쯤 된 남자였다. 그는 새벽에 전화를 받은 것치곤 또랑또랑한 목소리로 말했다. 누구냐고 묻지 않는 걸 보면 김별의 번호를 저장해둔 모양이었다.

옆자리에선 작은 목소리가 들렸다. 동업자인지, 애인인지 확인할 길은 없지만, 풍절음 소리가 함께 들리는 걸 보면 남자가 차 안에서 전화를 받았음을 알 수 있었다.

"물건을 좀 찾으려 하는데요. 여기 전화하면 됩니까?"

[아, 물건이요.]

잘못 건 전화는 아닌지 남자가 급하게 무언가를 뒤지듯 부스럭대는 소리가 났다.

[성함이랑 인증번호 알려주세요.]

"이름은 김승연이고요. 인증번호는⋯."

문자메시지에 적혀 있는 번호와 다이어리에 적힌 번호 사이에서 갈등하던 해주가 문자메시지에 포함되어 있던 번호를 읽었다.

주변을 소란스럽게 만들던 풍절음이 끊겼다. 조금 전까지 달리는 차 안이었다면, 이제 남자는 창고에 들어간 것처럼 답답하고 먹먹한 목소리를 냈다.

[아직 유효 보관 기간이 남아 있는데, 보내드려요?]

"당장 받을 수 있나요?"

[아, 벌써 조항을 까먹으셨나 봐요. 유효 보관 기간이 남은 경우엔 직접 수령밖에 안 된다고 말씀드렸는데.]

"대리 수령도 가능한가요?"

해주의 말에 남자가 짧게 침묵했다.

김별이 불안한 표정으로 작은 메모지를 가져와 펜으로 글을 적었다.

'대리인이라고 해도 괜찮아요.'

해주는 어깨를 으쓱였다. 물건을 수령하는 데 필요한 또 다른 정보를 찾아내기 위한 질문이었다. 대리인이 받을 수 없다면, 억지로 뺏어오는 것도 한 가지의 방법일 테니.

[본인과 합의가 됐다면, 금고 비밀번호만 알아 오면 됩니다. 지금 사용하는 휴대폰도 챙기시고요.]

"아, 그래요. 그럼 그렇게 할게요."

해주가 태연하게 대답했다. 남자는 금고의 비밀번호를 알고 있느냐고 물었다.

해주는 당연한 것 아니냐고 되물었다. 아는 체를 하는 게 아니라, 정말 알고 있었다.

다이어리에서도 보았고, 휴대폰에서도 찾아냈다. 김승연은 그다지 숨길 마음이 없었을 것이다. 패스워드라는 파일명이 그 사실을 증명했다.

[하나라도 두고 오면….]

"그럴 리 없으니, 약속 장소나 정해요. 어디서 만나나요?"

그때 남자 옆에서 누군가 말을 걸어왔다. 남자의 입장에선 고객인 해주와의 대화 도중 끼어든 것으로 보아, 동업자인 모양이었다. 여럿이서 운영하는 사금고인가?

휴대폰을 멀리 떨어트리고 있어 대화 내용을 알아 듣긴 힘들었으나, 대리 수령에 불안함을 느끼고 있으리라.

아니나 다를까, 자리를 비워 미안하다고 사과한 남자가 말을 덧붙였다.

[금고 비밀번호를 먼저 확인해야겠어요. 요즘 세상이 흉흉하잖아요? 본인도 아니고 대리 수령이라고 하시니… 괜히 다른 비밀번호를 입력해서 금고가 완전히 잠겨버리면 곤란하니까요.]

심드렁하던 남자의 목소리가 조심스럽게 변했다. 남자는 해주를 의심하고 있었다. 해주는 남자가 자신을 시험하고 있음을 직감했다.

그녀는 잠시 고민하다가, 차갑게 쏘아붙였다.

"금고의 비밀번호는 밝히고 싶지 않은데요. 원래 그런 조항이 있었나요?"

저들이 말하는 금고가 어떤 형태인지는 몰라도, 금고의 비밀번호를 저들이 알고 있다면, 김승연은 절대 저들의 금고를 사용하지 않았을 것이다.

해주가 완강하게 남자의 말을 거부하자 해주의 예상대로 남자는 더 이상 금고 비밀번호를 요구하지 않았다. 대신 선금은 되돌려줄 수 없으니 깊이 생각해서 결정하라고 권유했다.

해주는 계속해서 경고하듯 목에 힘을 주고 남자의 말을 끊었다.

"어디로 만나러 가면 되는 건가요?"

남자는 서울 근교의 산업단지를 약속 장소로 정했다. 정확한 위치를 말하기까진 시간이 걸렸다. 사무실과 가까운 장소는 아닌 모양이었다.

해주는 약속 장소를 정했으니 시간도 한 번에 정하자는 남자에게 주저 없이 대답했다.

"오늘 저녁 일곱 시."

[…왜 그렇게 서둘러요? 진짜 이상하네.]

"그냥 넘어가죠."

해주가 무뚝뚝하게 말했다.

남자는 휴대폰 너머로 느껴지는 차분하다 못해 고압적인 해주의 분위기에 괜히 범죄니, 뭐니 하는 말을 구시렁거렸다. 해주는 아무 말 않고 남자의 정신 사나운 혼잣말이 끝나길 기다렸다.

이내 남자는 군소리를 멈추곤 5분 이상 약속 장소에 나타나지 않

ㅇ면 물건을 길바닥에 두고 갈 것이라는 협상인지 경고인지 모를 말을 마지막으로 전화를 끊었다.

"그것도 나쁘진 않은데."

해주가 끊긴 전화에 대고 말했다.

요한이 통화가 끝난 것을 눈치채곤 어떻게 되었는지 물어왔다.

해주는 조만간 김승연이 숨겨놓은 물건을 만나 볼 수 있을 것이라 말했다. 김별의 반응은 미적지근했다.

해주는 싱숭생숭해 보이는 김별에게 별로 기쁘지 않냐고 묻고 싶은 충동을 참고 약속 장소와 시간, 그쪽에서 요구한 물건들을 설명했다. 요한은 당장 오늘 저녁 약속이라는 해주의 말에 걱정스러운 표정을 했다.

"황인범이 보낸 사람들이 따라붙진 않을까요?"

"당연히 있겠죠. 감시를 피해서 갈 방법을 찾아내는 게 지금부터 할 일이고요."

"생각해둔 계획이 있으세요?"

둘의 대화를 가만히 듣고 있던 김별이 해주에게 물었다.

해주는 약속 장소가 쓰인 종이를 뒤집어 가장 윗부분에 왼쪽 오른쪽 부등호를 그린 뒤 부등호 사이에 '계획'이란 단어를 휘갈겼다.

"지금부터 정할 거예요. 좋은 의견 있는 사람?"

볼펜을 분필처럼 쥔 해주가 조용히 침묵을 지키는 두 사람을 보다가 이내 그럴 줄 알았다는 듯이 시선을 내리고 종이 위에 활자를 적기 시작했다.

방금 막 떠오른 계획이라고 했다.

해주의 계획 첫 문장은 언제나 그렇듯 그녀 혼자서 움직이는 것을 가정했다.

요한이 반기를 들었으나, 해주는 무시하고 쭉쭉, 자신의 계획을 이어 말했다.

유동 인구가 가장 많은 오후 시간에 나간다. 감시의 눈을 피하기에 칩거해 있는 게 아니면 군중 무리 속에 숨는 편이 낫기 때문이었다.

약속 장소까지 대중교통만을 이용할 것인데, 그 이유는 서울 대중교통의 복잡성을 이용해 움직이기 위해서였다.

해주의 휴대폰은 추적당할 위험이 있으니 김별의 휴대폰만 전원을 꺼둔 상태에서 가져간다. 그리고 금고 관리자와 만나 물건을 받아낸 뒤 지체하지 않고 곧장 돌아온다.

이때 김별의 휴대폰은 전원을 켜둔 채로 외진 골목에 버리고 오면 황인범의 끄나풀들을 따돌릴 수 있을 것이다, 라는 것이 해주의 계획이었다.

"혼자 가서 혼자 끝내시겠다는 말이네요."

"무슨 문제 있어요?"

요한은 해주의 말이 끝나기가 무섭게 네, 문제 있습니다, 하고 대답했다.

해주는 들어주겠다는 듯이 고개를 치켜들고 요한을 바라보았다.

요한은 해주에게 혼자 나가는 것은 너무 위험한 일이라고 말했다. 여태 그런 위험한 일을 수도 없이 해온 해주가 듣기엔 이해하기 어려운 반응이었다. 어이없다는 듯 찌푸린 해주의 표정이 대답을 대신했다.

요한은 슬쩍 해주의 눈을 비껴보며 말을 이었다.

"그리고, 굳이 그렇게 숨어 다니는 것보단 차라리 다 같이 움직이는 편이 낫다고 생각해요. 군중 무리에서 탐정님이 그 사람들 눈에 안 띌 수도 있지만, 사실은 어떻게 될지 아무도 모르잖아요. 아주 극단적으로 말하자면 이 방 자체가 도청을 당하고 있을 수도 있고….”

“도청? 그건 걱정 말아요. 이 객실은 안전해요. 내가 다 확인했으니까. 좌우로 붙어 있는 방도 다 확인했어요.”

“몰래 들어간 거예요?”

“대실을 했죠. 호텔 문은 열기가 쉽지 않아요.”

“철두철미하시네요….”

“혼자 일하는 버릇이 들면 이 정도는 알아서 하게 돼요. 그러니까 혼자는 위험하다, 혼자라서 안 된다 하는 소린 필요 없어요.”

“매번 그렇게 생각하시는 거 다 알아요. 그렇지만, 반대로 생각하면 탐정님이 아니라 저희가 위험해질 수도 있잖아요.”

해주의 말에 요한이 기다렸다는 듯이 대답했다. 해주가 이렇게 나올 줄 알고 미리 준비해온 것처럼 번듯한 논리였다.

“요한 씨의 무능함을 과대평가하는 거 아녜요? 내 평가론 그렇게 무능하지 않은데.”

“탐정님이 실패할 확률보다, 저희가 실수할 확률이 훨씬 높잖아요. 그걸 방지하기 위해서라도?”

요한 옆에서 김별이 맞장구를 치며 요한의 주장을 거들었다.

해주는 요한의 의견을 받아들였다. 호텔 방에 감금되어 있는 것보다야, 자신 옆에 있는 편이 나을 것이다. 요한이 정말 자기 자신의 무능을 걱정한 건진 몰라도, 일리 있는 말이니 받아들여 나쁠 건 없었다. 다만 한 사람이 움직이는 것만 계산하여 짠 계획은 전부 수정해야 했다.

그때 요한이 슬쩍 손을 들고 말했다.

"자가용을 타고 가는 건 어떨까요?"

해주는 깍지를 끼운 볼펜 끝에 턱을 괴고 요한의 질문에 대답했다.

"차를 빌리려고요?"

"아니요, 이 호텔 지하주차장에 제 차가 있어요. 그 사람들이 모르는 차를 타고 가면 나가기 더 편리할 것 같아서요."

해주가 눈썹을 삐죽였다. 요한의 차가 왜 이 호텔 지하주차장에 있는가 하는 의문이 들었다. 이 상황에서 그다지 중요한 일은 아니었으므로 어련히 사연이 있겠거니 넘기겠지만, 이번 의뢰가 끝나고 나면 요한에게 정확한 사정을 듣겠노라고 결심했다. 비밀이 많은 사람을 조수로 쓸 마음은 없으니 말이다.

요한은 심각한 표정의 해주에게 더 말해도 되겠느냐고 물었다. 해주는 자세를 편하게 고쳐 앉으며 고개를 끄덕였다. 요한의 말은 즉, 감시역이 붙었다면 결국 최종적인 위치는 들키게 될 테니, 차라리 자가용을 타고 나가자는 것이었다.

"어차피 들킬 거라는 전제를 깔고 가면 자가용을 타나, 대중교통을 타나 그게 그거 같은데?"

"만약에 황인범이 연락하면 의뢰인이 많이 쇠약해져서 바람을 쐴 겸 나왔다고 둘러댈 수도 있잖아요. 그쪽에선 단서를 찾으려면 김별 양의 도움이 필요하다고 생각하고 있으니까요. 잘 달래서…."

"아아, 알겠어요. 그다음은?"

해주가 점점 길어지는 계획 부연설명을 도중에 끊고 물었다.

요한은 자신의 휴대폰을 꺼내 무언가를 부지런히 입력하곤 해주에게 휴대폰을 내밀었다. 검색포탈 사이트 화면에는 유명한 플라자가 검색되어 있었다.

"그 동네에 이게 있거든요. 저녁 시간엔 이쪽에 사람이 몰려 있으니까, 큰 패밀리 레스토랑에 들어가서 식사하는 척하고, 탐정님만 따로 업자를 만나는 건 어떨까요."

"음."

확실히 만날 장소를 내부로 정해놓는 편이 더 안전했다. 드라이브, 패밀리 레스토랑. 단어만 보아도 따뜻하고 다정한 것이, 아직 어린 의뢰인을 돌보려는 의지가 뚜렷하게 느껴지기까지 했다. 해주는 고민 않고 요한의 계획을 수렴했다.

"어… 정말요?"

"네, 싫은가요?"

"다른 패턴으로 열 개는 더 생각하려고 했는데."

"날 설득하기엔 나쁘지 않았어요. 생각이라는 걸 하는 조수는 처음이라."

해주의 말에 요한이 겸연쩍게 웃었다.

여자 혼자서 걱정된다느니, 하는 헛소리를 하는 놈들보다야 백 배는 나았다. 게다가 김별의 상태도 요한이 설정한 값과 다르지 않았다. 김별은 우울감을 느끼고 있는 듯 보였다. 감정의 폭이 좁아지고, 말수가 줄어들었다. 해주가 요한의 계획을 받아들인 이유에는 김별을 달래기 위한 것도 있었다. 본인이 알면 필요 없다고 할 테니 그저 요한의 의견을 받아들인 척한 것도 있다. 해주답지 않은 부분이었다.

13

해주는 약속 장소를 변경하기 위해 업자에게 전화를 걸었다.

사정이 있어 장소를 바꾸고 싶다고 요구하자, 또 한바탕 정말 이상한 일을 하는 사람이 아니냐는 둥, 위험한 일에 휘말리게 되면 곤란하다는 둥 떠들어대기에 탐정이라고 신분을 밝히자 얌전해졌다.

이제 물건을 되찾고 김승연을 잘 빼내기만 하면 제법 길었던 의뢰도 마무리를 지을 수 있었다. 물론 아주 속 시원한 마무리냐 하면, 그렇진 않았다.

호텔을 빠져나오기가 무섭게 황인범에게 연락이 왔다.

요한의 계획대로 김승연의 딸이 우울감으로 도통 쓸 만한 정보를 말하지 못해 기분 전환 겸 잠시 밖에 나왔다고 대답했다.

황인범은 해주가 그렇게 친절한 사람처럼 보이진 않아 의외라고 말하며 셋이서 단란한 가족이 된 것은 아니냐고 비꼬아댔다.

해주는 황인범의 비아냥을 한 귀로 듣고 한 귀로 흘리며 통화를 마쳤다. 뭔 소리를 하든, 횡인범보다 자신이 앞서니기고 있었으므로 뭐라고 지껄이건 상관없었다.

해주 일행은 약속보다 30분 먼저 도착해 적당히 손님으로 북적이는 식당을 찾았다. 유명한 패밀리 레스토랑이었다.

테이블마다 신메뉴나 세트메뉴를 홍보하는 책자가 함께 들어 있는 메뉴판이 있었다. 주문은 요한에게 맡기고 해주는 업자에게 위치를 물었다. 업자는 곧 도착이니 밖에 나와 있으라 했지만, 해주는 무작정 남자에게 금고의 비밀번호를 알려준 뒤 식당가가 위치한 10층까지 올라와 화장실 앞 의자에 앉아 있으라고 명령했다.

남자는 무척 큰 한숨을 내쉬었다. 이렇게 멋대로 구는 손님은 없었느냐고 묻자, 보통 중요한 물건을 맡기기 때문에 괜히 나쁜 인상을 심으려 하진 않는다는 대답이 돌아왔다.

"그런 용도의 금고구나."

[그런 용도라뇨? 저흰 나쁜 짓 안 합니다. 그리고 직접 찾아가시는 거 아니면…]

"제가 지금 미행이 붙었거든요?"

[예?]

"나쁜 짓은 안 하지만, 불법으로 사금고 운영하는 그쪽 목숨 챙겨주려고 이러는 거니까 시키는 대로 해요. 차 안에 금고를 들고 다니나 본데, 괜히 다른 물건까지 피해 보고 싶진 않잖아요."

해주가 여상스럽게 말했다. 남자는 무어라 꿍얼거리다가 심부름비라도 챙겨주어야 하는 것이 아니냐고 본심을 토해냈다.

해주는 미리 준비해둔 현찰이 있으니, 받고 싶으면 올라와서 연락을 달라고 대답한 뒤 전화를 끊었다.

남자에게선 10분 뒤에 다시 연락이 왔다.

해주는 휴대폰을 요한에게 맡기고 가방을 든 채 매장 밖으로 나섰다.

건물의 외진 곳에 있는 화장실은 구석에 숨어 있어 오가는 사람이 적었고, 해주는 쉽게 남자를 찾을 수 있었다.

남자는 투명한 지퍼백을 손에 든 채 벽에 기대어 서 있었다.

해주는 남자 옆으로 다가가 준비해온 현찰을 건넸다.

남자는 현찰을 주머니 속에 넣고 지퍼백을 해주에게 건넸다.

거래는 한마디 대화도 없이 끝났다.

해주는 화장실에서 지퍼백에 든 물건을 확인했다. 새것처럼 깨끗한 통장이 총 다섯 개가 들어 있었다. 통장엔 각각 3억씩, 총 15억이 입금되어 있었다.

통장의 예금주는 김승연도, 김별도 아닌 '박시윤'이라는 낯선 이름이었다.

예상외이긴 했지만, 하던 일이 그쪽이니 김승연 또한 남의 통장을 빌렸을 수도 있다고 생각했다. 방법을 알고 있을 테니까.

해주는 우선 통장을 가방에 넣고 화장실을 나섰다.

매장 통유리 너머로 요한과 김별을 찾으며 걷던 해주가 걸음을 멈추었다. 요한과 김별의 맞은편, 자신이 앉아 있던 자리를 차지한 낯선 이가 눈에 들어왔다. 황인범이 붙인 끄나풀이었다.

해주는 무릎을 굽히고 앉아 고아하게 꾸며진 스티커에 몸을 숨겼다.

미행을 당할 것은 예상했지만, 직접 찾아올 거라곤 생각하지 못했다. 너무 오래 돌아오지 않으면 의심을 살 것이 분명했다.

우선 물건을 숨길 곳이 필요했다. 하지만 이곳에는 해주의 눈이 닿으면서, 숨길 수 있는 장소가 없었다. 그 순간, 테이블마다 올라와 있던 메뉴판이 떠올랐다. 가게는 테이블마다 파티션이 설치된 상태였다. 뒷문으로 들어가면 입구 쪽에 자리 잡은 해주의 테이블에선 해주가 들어오는 것을 확인할 순 있으나, 몸 전체가 보이지 않고 가슴 아래는 파티션에 가려질 것이다.

해주는 주머니 속에서 지퍼백에 든 통장을 만지작대다가 뒷문으로 걸음을 돌렸다.

뒷문과 가장 가까이 있는 빈자리에 놓인 메뉴판을 벌려 그 안에 통장을 집어넣고 빠른 걸음으로 요한과 김별이 앉은 테이블에 다가갔다.

못해도 삼십 대 중후반으로 나이가 좀 있어 보이는 남자와 그보다 한참은 젊어 보이는 여자가 앉아있었다. 해주는 여자의 얼굴을 빤히 바라보았다. 분명 마주친 기억이 있었다.

해주는 매장 직원에게 부탁해 남는 의자를 통로 쪽으로 끌어와 앉았다.

"이러니까 생각날 것도 안 나지."

하나둘 테이블 위로 세팅되는 음식을 보며 한탄하듯 해주가 말했다. 젊은 여자가 해주를 보며 불쾌하게 미소 지었다. 그 순간 해주는 여자의 얼굴이 왜 이렇게 낯이 익었는지 떠올렸다. 부산에서 해주가 곤경에 처했을 때 그녀를 도와준 황인범의 무리에서 본 여자였다.

"뭐 하고 왔어?"

해주는 여자의 말에 대답하지 않고 음식을 제 접시 위로 가져왔다. 불안하게 식기를 잡았다 놓았다 하던 김별이 해주를 대신해 화

160

장실이요, 하고 작게 대답했다.

젊은 여자는 해주를 보며 김별에게 말했다.

"거짓말하다가 걸리면 네 엄마 죽는다."

"진짠데요."

"진짠지 아닌지는 우리가 곧 확인할 거니까, 밥이나 맛있게 먹어."

해주는 약간의 초조함을 느꼈지만, 내색하지 않으려 애쓰며 접시를 비웠다.

의식하지 않으면 분명히 뒤를 돌아보게 될 터였다. 그렇게 시선을 돌리면 그들에게 빌미를 제공하는 것이나 다름없었다.

얼마 지나지 않아 젊은 여자 옆에 목석처럼 앉아 있던 이가 해주의 가방을 요구했다.

해주는 거리낌 없이 가방을 열어 안을 보여주었다.

남자는 해주의 가방 속 물건을 하나하나 끄집어내 확인했다. 그러나 젊은 여자는 가방 속도, 그 안에서 꺼낸 물건도 쳐다보지 않고 말했다.

"입은 닫고 있으면서 가방은 쉽게 보여주네. 이게 언행 불일치야. 싸가지가 없을 거면 싸가지만 없든가. 순응하는 성격이면 대답부터 꼬박꼬박하든가."

"왜 보여줘도 난린지 모르겠네."

"애네들은 앞문만 빤히 보고 있던데, 정작 해주 탐정은 다른 곳에서 왔지? 나는 해주 탐정이 우릴 먼저 보고 피해 온 거 아닌가 하거든."

"뒷문이 가까워서 뒷문으로 들어 온 건데, 짜깁기가 너무 심한 거 아녜요?"

젊은 여자는 해주의 말에 코웃음을 쳤다.

해주는 무표정한 얼굴로 가방 속에 다시 물건을 담았다. 여자는 관찰력과 화술이 뛰어난 인물이었다. 황인범이 보낸 감시역은 남의 뒤꽁무니만 쫓는 조무래기가 아니었다.

해주는 여자가 조직에 소속된 범죄자문가 혹은 탐정이리라 예측했다. 여자의 경박하고 가벼운 말투 또한 단순히 그녀의 성격을 나타내는 게 아니라, 그 가벼운 언사를 이용해 상대의 실언을 받아내려는 것으로 보였다.

힘으로 밀어붙이려는 게 아니라 머리로 싸우려 시도했다는 점은 자신이 상대하는 적수가 그만큼 멍청하지 않다는 증거이긴 했으나, 개인적으로 붙어보는 건 재밌을지 몰라도 타인의 목숨이 걸린 상황에선 해주의 계획을 방해하는 눈엣가시에 불과했다.

"계속 입 다물고 있을 거야? 그럼 화장실부터 확인해볼까."

"확인해. 가서 헛물켜고 와야 정신을 차리겠네."

"해주 탐정, 나도 이러고 싶어서 이러는 거 아니야. 나라고 남의 가족이 도란도란 밥 먹는 곳에 와서 방해하고 싶겠어? 보스가 증거를 찾아오라고 했거든. 그게 아니면 저기 있는 작고 귀여운 따님을 데려오라고 하더라고. 우리 보스 성미가 좀 급해."

말을 마친 여자가 김별과 눈을 맞추며 싱긋 미소 지었다.

그녀는 유의미한 협박을 하는 방법도 잘 알고 있었다. 김별은 손에 들고만 있던 식기를 테이블 위로 탁, 소리 나게 내려놓았다.

"지금 저 가지고 협박하시는 거예요? 제가 이러면 뭐, 탐정님한테 얼른 알려드리라고 그럴 것 같았어요? 저는 차라리 좋네요. 엄마랑 같이 있을 수 있는 거니까. 물어볼 일도 많았는, 읍!"

"지 엄마랑 성격이 똑같네. 애 너 나랑 갈래?"

해주가 김별의 입을 틀어막았다. 거기 가서 무슨 짓을 당할지 뻔히 아는데 모른 척할 수도 없는 일이었다. 그렇다고 오늘 받은 증거를 그녀에게 건넨다면 단언컨대 김승연에게 좋은 일은 단 하나도 벌어지지 않을 것이다. 김별을 다시 만날 수도 없을 거고, 예전처럼 조직에서 일할 수도 없게 되겠지. 애초에 그런 것을 바랐다면 조직을 배신하지 않았겠지만.

통장에 고스란히 남아 있는 돈은 김승연이 그간 조직에서 무슨 짓을 해왔는지를 증명했다. 김승연은 그에 마땅한 처벌을 받게 될 것이다.

그러니까, 늦든 빠르든 김승연의 처벌은 예정되어 있다. 이 가정은 해주가 이 통장을 제대로 그들에게 넘겼을 때의 얘기였다. 그렇다면 증거물을 속여서 시간을 번다면….

고민하던 해주가 마음속으로 쾌재를 외쳤다. 답은 어려운 곳에 있지 않았다. 해주는 둘러댈 증거를 가지고 있었다. 다만 문제가 있다면, 지금 이곳에 없다는 사실이었다. 해주가 들으란 듯 한숨을 내쉬곤 여자에게 말했다.

"애를 인질로 잡는 건 깡패 새끼들이나 하는 짓인데."

"우리가 하는 일이 그 비슷해."

"네 수준을 보니 딱 그런 것 같네. 증거 줄게."

해주의 말에 김별이 안 돼요, 하고 해주의 팔을 붙잡았다. 차라리 제가 엄마와 함께 있겠다는 것이었다.

해주는 의뢰인의 안전이 보장되지 않는 곳에 혼자 보낼 순 없노라고 단호하게 거절했다.

"가만있어, 꼬맹아. 네 살길 만들어준다는데."

여자가 사뭇 낮은 목소리로 김별에게 말했다. 그러곤 가까이 있는 직원을 불러 테이블 위의 음식을 치우게 했다.

여자는 두 손을 테이블에 올리곤 해주에게 어서 말하라는 듯이 턱짓을 했다.

"이러니까 협상테이블 같아졌지?"

"협상이 아니라 협박."

"아무튼 해주 탐정이랑 말이 통해서 좋다는 뜻이야."

여자는 의뭉스레 웃는 얼굴로 해주에게 말했다.

해주는 가방을 들고 자리에서 일어났다.

머뭇대는 김별의 팔을 붙잡고 나와 계산을 마친 해주가 아직 테이블에 앉아 저를 기다리는 여자에게 다가가 말했다.

"오늘은 정말 외출 나온 거예요. 증거는 지금 머무는 호텔에 있어요. 구체적으로 말해야 하나요?"

"내가 믿을 수 있을 만큼."

"김승연이 사용하던 다이어리고, 제 의뢰인이 가지고 있던 물건이에요. 황인범이 건 조건과 동일해요. 김승연에게 없고, 김별에게 있을 것."

중요한 부분을 생략해 단순화한 조건이었다. 이렇게 이야기하면, 다이어리는 황인범이 찾는 물건과 부합했다. 가장 중요한 조건은 두 사람이 다 모르고 있어야 하는 것이지만, 여자는 그 조건까진 알지 못한 모양이었다.

"가지러 갈까?"

"좋아요. 제 조수는 자가용을 가져왔으니까, 그 차를 끌고 호텔에 합류해도 괜찮겠죠? 이런 것마저 의심하진 않을 거라 믿어요."

"그렇게 해. 어차피 오늘 외출도 저 귀여운 조수가 제안했을 거란 거 다 알아. 일 중독인 해주 탐정이 먼저 외출 얘길 꺼냈을 리 없으니까."

여자의 말에 요한의 표정이 어두워졌다.

이로써 요한의 계획은 보기 좋게 망했다. 물론 성공할 거라 믿고 선택한 것이 아니라, 생각보다 괜찮다는 관점에서 접근했던 것이니 상관없었다. 중요한 건 요한이 이 뒤에 얼마나 해주느냐에 달려 있었다.

해주는 조직원과 함께 레스토랑에서 나서기 전 제 휴대폰을 챙긴 뒤 요한에게 주차장은 뒷문에서 더 가깝노라고 말했다. 괜히 넓은 플라자에서 헤매지 말고 뒷문으로 나가라고 말이다.

만일 요한이 해주의 말을 의심해 숨겨둔 물건을 찾아온다면 이 망한 작전도 더할 나위 없이 성공적이라고 칭찬해줄 수 있을 터였다.

호텔에 도착한 해주는 여자를 방 앞으로 데려갔다.

여자는 잔뜩 어질러진 실내를 빠르게 훑었다. 옷가지나 노트북 따위가 어질러진 방을 확인하곤 해주에게 어서 물건을 가져오라고 손짓했다.

해주는 순순히 호텔 방에 있는 다이어리를 찾아와 여자에게 내밀었다.

"이런 물건을 숨겨두고 있었던 거야?"

"그쪽 보스가 성격이 너무 급해서, 어쩌다 보니 숨긴 것처럼 됐군요."

"뻔뻔하긴."

해주는 다이어리를 빼앗으려는 여자의 손에 대항하듯 붙잡은 손에 힘을 주었다가, 이내 힘을 풀었다. 여자가 이 거짓 단서에 넘어가길 바라면서.

여자는 토끼처럼 입을 다문 김별과 해주를 번갈아 보다가 조만간 다시 찾아오겠노라는 말을 남기고 떠났다.

다이어리에는 김승연이 통장을 맡겨둔 사금고의 비밀번호가 있었지만, 다이어리 하나로는 김승연의 협조 없인 어떤 단서도 얻지 못할 것이다. 김승연에게 회유와 설득이 먹히지 않는다는 걸 이미 한 번 겪은 조직에서 어떤 방법으로 그녀에게 정보를 얻어낼진 그다지 상상하고 싶지 않았다.

수년간 황인범 밑에서 일을 도왔다지만, 현재는 십 억이 넘는 비자금을 떼먹고 달아난 배신자 신세였다. 자비를 바라기엔 터무니없는 금액이었다. 남의 도움도 없이 혼자 이런 일을 벌였다는 것 자체가 놀라웠다.

황인범이 그녀의 능력을 높이 사 김승연의 의사와는 관계없이 다시 조직의 일원으로 받아들이는 것이 지금으로선 그나마 가장 가능성이 있는 결말이었다.

해주는 여자가 떠난 뒤에도 같은 자리에 서서 한참이나 생각에 몰두했다. 그녀 주변을 어슬렁대던 김별이 해주의 옷깃을 살며시 움켜쥐기 전까지 해주는 앞으로 일어날 상황에 대한 대비책을 고안해야 했다.

"탐정님?"

"아, 괜찮아요. 그 여자 말 들을 필요 없어요."

눈을 뜨고 졸기라도 한 것처럼, 해주가 땅바닥에 두고 있던 시선을 휙 들어 김별을 바라보았다. 김별은 곤란한 표정을 하고 있었다. 해주가 이 의뢰를 맡은 뒤로 김별이 해주에게 가장 자주 보인 표정이었다.

해주는 김별이 안심할 수 있도록 애써 다정한 목소리로 달래주었는데, 김별은 그게 아니라는 듯 고개를 획획 저었다.

"요한 조수님은 괜찮을까요?"

"무사하지 않을까요? 너무 자괴감을 느끼지만 않으면 좋겠는데."

김별의 물음에 해주가 가방 속을 뒤적였다. 휴대폰을 찾으려 한참 가방을 뒤지던 해주가 작게 탄식하고 김별에게 말했다.

"지금 저한테 휴대폰이 없네요. 김별 양 휴대폰을 좀 빌릴 수 있을까요?"

김별은 해주에게 휴대폰을 내밀었다.

해주는 요한의 번호를 찾아 통화 버튼을 눌렀다. 한 번, 두 번.

통화 연결음이 반복되는 동안에도 요한은 전화를 받을 기미를 보이지 않았다. 평소 통화 연결음이 들리기도 전에 빠릿빠릿하게 전화를 받았던지라 혹 무슨 일이 있는 건 아닌지 신경이 쓰였다.

"전화를 안 받아요. 조금 있다가 다시 해봐야겠어요."

"저 대신 조수님을 데려간 거면 어떡하죠?"

"…김별 양이 간 것보단 낫겠네요."

해주가 짧은 고민 끝에 대답했다. 그러고는 요한이 전화를 받을 동안 기다리는 대신, 테이블에 휴대폰을 올려 통화 버튼을 눌러둔 뒤 호텔 방에 풀어진 짐을 정리하기 시작했다.

김별은 해주의 미온적인 반응이 이해가 안 되었지만, 그녀를 따라

주섬주섬 옷가지나 요한의 노트북 등을 곱게 접어 가방 속에 넣었다.

방 정리가 끝나고 소파에 앉아 디지털시계만 노려보던 김별이 음성사서함으로 연결된 통화를 끝내고 다시 통화 버튼을 눌렀다.

어느새 20분이란 시간이 훌쩍 지나가 있었다.

김별은 해주가 요한을 두고 떠나자고 할까 조바심이 난 모습으로 쉼 없이 요한의 번호를 눌러댔다. 보다 못한 해주가 기다리면 연락이 올 거라고 김별을 타일렀다.

"역시 제가 남았어야 했나 봐요."

김별이 힘없는 목소리로 말했다. 해주는 크게 좌절한 김별에게 호텔에서 제공하는 생수를 내밀었다. 이거나 마시고 정신 좀 차리라는 의미였다.

"김별 양 운전 할 줄 알아요?"

해주의 질문에 김별이 우물쭈물 대답했다.

"그건 아니지만…."

"그럼 박시윤이란 사람은 알아요?"

"모르겠는데요. 누군데요?"

"통장 예금주. 모르는 사람이면 됐어요."

해주의 말이 끝나자 김별이 다시 까맣게 꺼진 액정을 켜 다시 통화버튼을 꾹, 눌렀다. 아무래도 요한이 저 대신 조직에 잡혀간 것이라는 억측을 떨치기 어려운 모양이었다.

해주는 조직에선 요한을 깍두기 정도로 보는 것 같으니 걱정하지 않아도 된다는 말을 해야 할지, 말아야 할지 고민하다가 조금 더 기다리기로 했다.

뚜—뚜—.

백 번도 넘게 반복된 통화 연결음이 귀에 이명처럼 울렸다. 해주는 노이즈가 낀 기계음을 피해 호텔 방 밖으로 나섰다.

카드키를 챙기고 현관문을 밀어 열자 쿵, 하는 소리와 더불어 어이고, 놀란 목소리가 뒤따라왔다.

해주가 열린 문틈으로 고개를 내밀었다. 문밖에는 멀쩡한 모습의 요한이 콧대 언저리를 손으로 문지르고 있었다. 손에 들고 있는 휴대폰이 울려댔다.

해주는 요한의 손에서 휴대폰을 빼앗아 들고 요한의 멱살을 움켜쥔 채 방 안으로 끌고 들어왔다.

현관에서 시끄러운 낌새를 느낀 김별이 달려 나와 요한의 무사 귀환을 반겼다.

해주는 요한에게 전화는 왜 받지 않았느냐고 물었다. 요한은 해주의 휴대폰이 아니라, 김별의 휴대폰으로 연락이 오는 게 미심쩍어서 일부러 받지 않았다고 했다.

혹여나 조직이 의뢰인을 데려가서 조수인 저에게 협박하려는 걸까 봐, 그렇게 대답한 요한이 주머니 속에서 지퍼백을 꺼냈다.

"저 제대로 챙겼나요?"

제대로 챙겼다마다. 해주는 목구멍까지 차오른 칭찬을 도로 삼키며 말했다.

"죽으러 간 줄 알았어요."

"…상심해서요?"

"나 때문에 망했다, 하고 안 오는 줄 알았지 뭐예요."

"설마요. 탐정님한테 무슨 작전이든 있을 거라고 믿었어요."

"무작정 신뢰하는 긴 나쁜 버릇인데… 이번엔 괜찮았어요."

주머니에서 꺼낸 지퍼백에는 정확히 통장 다섯 개가 들어있었다.

해주가 떠난 뒤 뒷문과 가까운 좌석에 앉은 4인 가족이 메뉴판에 끼워진 통장을 발견하곤 직원을 부르려기에, 요한이 가게 직원인 척 접근해 냉큼 가져왔다고 했다.

다분히 의심을 살 만한 순간이었지만, 다행히 요한을 붙잡는 이들은 없었다고 했다. 해주는 요한의 설명을 들으며 천천히 고개를 끄덕였다.

"미인계를 잘 활용했네요."

"예?"

"이제 여기서 김승연을 무사히 데려와야 하는데, 좋은 방법 있어요?"

요한과 김별이 동시에 고개를 가로저었다.

"아직 어디 있는지도 모르는데, 우선 찾아야 하지 않을까요? 그쪽에서 먼저 연락을 할 때까지 기다려야 하잖아요."

"그럴 시간이 어디 있어요."

요한이 입술을 한일자로 다물었다. 가장 중요한 물건이 자신 손에 있는데 급할 건 또 무어란 말인가!

해주는 그렇게 묻는 듯 저를 쳐다보는 요한에게 다섯 개의 통장 중 세 개를 내밀었다.

요한은 통장과 해주를 번갈아 보았다. 해주는 통장을 쥔 손을 아래위로 흔들었다. 요한은 한 차례 더 망설인 끝에, 해주의 손에서 물건을 받아갔다.

"이걸 왜…."

"요한 씨, 설마 진짜 물건을 찾아주면 김승연을 무사히 돌려 보내 줄 거라고 믿는 건 아니죠? 황인범이 먼저 연락할 때까지 얌전히 기 다리면서 김별 양이랑 같이 무사 귀환 축하 파티라도 계획하게요? 그쪽에서도 다이어리를 받아갔으니 김승연을 더 쪼겠죠. 하지만 김 승연은 정말 통장이 어딨는지 몰라요. 과연 조직에서 김승연을 믿 어줄까요?"

"안 믿겠죠."

침묵하는 요한을 대신해 김별이 해주의 질문에 대답했다.

희망적인 결말에서 손을 놓아버린 듯 무감한 얼굴이었다. 해주는 남은 두 개의 통장을 챙겼다.

의뢰인이 희망에서 손을 놓든, 좌절하든, 좌절하지 않든, 탐정인 해주가 할 일은 정해져 있었다. 김승연을 무사히 김별 앞으로 데려 오는 것. 그 외 복잡하게 얽혀 있는 다른 조잡한 이야기에는 신경을 쓸 필요 없었다. 해주는 짝, 소리가 나도록 손뼉을 마주쳤다.

"다들 표정이 왜 그래요? 내가 먼저 찾아가면 그만이에요."

"황인범의 위치 알아내신 거예요?"

해주가 잠시 덮개를 닫아놓았던 노트북을 열었다.

포털 사이트에 로그인을 하고 검색창에 '휴대폰 추적'을 입력하 자 지도 위로 계정에 동기화한 휴대폰의 좌표가 표시되었다.

남의 휴대폰을 추적하려면 여러모로 귀찮은 일을 겪어야 하지만, 본인 명의의 휴대폰은 10초도 되지 않아 찾을 수 있었다. 오늘 여자 와의 만남은 그 쉽고 편리한 기능을 사용하기에 적합한 타이밍이었 다.

해주는 그들의 차에서 내리기 전 차 바닥 깊숙이 휴대폰을 밀어

넣었다. 다행히 아직은 눈치채지 못했는지, 휴대폰을 실은 차는 마힘없이 움직이고 있었다.

"사실은 내리기 전에 조직원 차에 휴대폰을 두고 왔어요. GPS를 켜뒀으니 여기서 알려주는 정보를 뒤따라가다 보면 꼬리 끝이라도 밟을 수 있겠죠."

"그럼 얼른 나가야겠네요."

노트북 화면을 들여다보던 요한이 밝아진 표정으로 외투를 챙겨 들었다. 해주는 요한의 손목을 붙잡아 자리에 앉혔다.

"나만 갈 거예요."

"탐정님."

"이번엔 안 돼요. 안 보이는 곳에서 날 서포트 해줄 조수가 필요하거든요. 의뢰인의 안전도 지키고요."

"…계획을 알려주세요."

"저는 차를 쫓아가고, 요한 씨랑 김별 양은 내가 준 통장을 들고 황인범을 피해 숨어요. 그쪽에서 김승연을 인질로 잡고 있으니 우리도 통장을 인질로 잡자고요. 우선 제걸 먼저 보여주고 여기서 9억이 더 있다고 말하면, 그 자리에서 날 죽이려 들진 않겠죠. 적어도 김승연의 생사도 확인할 수 있겠고요. 돈을 뻥땅 친 사람의 말을 들어 봐야 할 테니까요. 그쪽에선 내가 혼자 갔다는 사실을 의식해서 조수인 요한 씨를 찾으려 할 테고요."

"그동안 잡히지 말고 숨어 있으라는 건가요?"

"정확해요."

"너무 위험한 거 아닐까요?"

"잘 숨어 있기만 하면 안 위험해요."

"저 말고 탐정님이요."

요한의 염려 가득한 말에 노트북의 터치 패드에 손을 얹고 움직이던 해주가 어처구니없다는 듯 소리 내 웃었다.

너무 당연한 소리를 새삼스레 들으니 저도 모르게 웃음이 났다.

해주는 새로이 갱신된 좌표를 확인했다. 차는 강변북로를 지나가고 있었다.

"탐정 일이 뭐, 날로 먹는 건 줄 알아요? 나도 의뢰 하나하나에 목숨 걸고 해요. 아직 안 죽은 거뿐이지. 게다가 남에게 통장을 빌려주던 사람이 다른 사람의 통장을 빌려서 비자금을 가로챘잖아요? 범법 위에 범법을 덧씌웠는데 당연히 위험하겠죠."

말을 마친 해주가 노트북을 챙겨 일어섰다.

요한은 해주를 설득하거나, 말리는 일은 불가능하다는 걸 깨달았는지 안전을 강요하는 대신 부디 조심히 다녀오라는 부탁으로 대화를 끝냈다.

해주는 김별에게는 휴대폰을, 요한에게는 차 키를 빌렸다. 움직일 수단과 연락할 수단은 있어야 하니까.

두 개의 담보를 챙기는 것으로 마지막 채비를 마친 해주가 남은 짐 정리를 요한에게 떠넘기고 반쯤 구겨 신고 있던 신발을 제대로 신었다.

"어디에 가 있을 거예요?"

호텔 방을 떠나기 전 해주가 요한에게 물었다.

요한은 잠시 고민하다가 집이라고 대답했다. 그 집이 본인의 집인지 김별의 집인지 아니면 또 다른 어떤 집인지, 혹은 지금과 같은 호텔 방인지 모르지만, 해주가 겪었던 요한의 임기응변은 제법 괜찮았으므로 잘 해내겠거니 생각했다.

지하주차장에 세워진 요한의 차를 찾았다. 해주는 운전석에 앉아 노트북을 펼쳤다.

모니터를 켜고 포털 사이트의 지도 화면을 확대하자 위치를 나타내는 빨간 점이 성북구 길음동에서 멈추어 있는 게 보였다.

해주는 차에 시동을 걸고 오 분을 더 기다렸다가 한 자리에 멈춰 있는 좌표를 확인한 뒤 호텔을 빠져나왔다. 황인범을 만나러 가는 것이나, 중요한 증거를 들고 있다는 사실보단 드디어 김승연을 만난다는 긴장감이 앞섰다.

14

최종 목적지는 중층 건물에 붙어 있는 야외주차장이었다.

해주는 길가에 차를 세우고 멀찍이 서서 건물을 올려다보았다.

건물은 총 8층으로 구성되어 있었고 1층 전체를 차지하고 있는
카페를 제외한 2층부터 8층까지의 공간은 전부 법률사무소의 간판
을 달고 있었다. 개중 황인범이라는 이름을 찾을 순 없었지만, 늦은
시간임에도 불구하고 환하게 불이 들어온 사무소가 눈에 들어왔다.

해주는 눈으로 사무소의 층수를 가늠한 뒤 엘리베이터에 올라타
버튼을 눌렀다.

해주가 찾아간 사무소는 '법률사무소 TQ'라는 양각 현판을 달고
있었다.

1층의 카페와 마찬가지로 한 층을 통째로 사용하고 있는 걸 보면,
개인이 아니라 팀으로 운영되고 있을 확률이 높았다. 해주는 조심
스레 손잡이를 붙잡고 문을 바깥으로 잡아당겼다. 불투명한 시트지

가 붙어 있는 유리문은 잠금장치가 풀려있어 쉽게 열렸다. 마치 누군가 찾아올 것이라고 알아채기라도 한 듯이 말이다.

사무실 내부는 입구에서 바로 보이는 데스크를 중심으로 공간이 나뉘어 있었다.

해주는 불이 들어온 방향으로 걸음을 돌렸다. 황인범은 사무실 가장 안쪽에 있는 넓은 책상에 맵시 있게 앉아 무언가를 들여다보고 있었다.

해주는 그 무언가가 여자에게 넘겨준 김승연의 다이어리임은 쉽게 눈치챌 수 있었다. 황인범은 해주가 책상 바로 앞까지 다가오고 나서야 다이어리를 덮어 책상 서랍 안에 넣었다.

"빨리도 찾아왔군."

황인범은 해주에게 아무 의자나 가져와 앉아도 좋다고 했지만, 해주는 황인범의 제안을 거절하고 서 있기를 택했다. 앉아 있는 시간보다 의자를 끌어와 앉을 시간이 더 길 텐데 구태여 엉덩일 붙이고 앉을 필요도 없었고, 길게 말할 내용도 아니었다.

"좀 성격이 급해서."

"급하게 오느라 필요한 물건을 두고 온 건 아니고?"

"쓸데없는 걱정은 마세요. 필요한 물건은 똑바로 챙겼으니까."

해주는 가방에서 꺼낸 통장을 황인범의 책상에 올려놓았다.

황인범은 시들한 태도로 통장을 넘겨 확인했다. 내역을 보고도 크게 동요하지 않는 눈치였다.

"왜 우리 직원한테 주지 않고 번거롭게 찾아오나?"

"갑자기 제 의뢰인한테 손을 대려 하기에 빈정이 좀 상했어요. 그래도 약속한 거래가 있으니까 이렇게 직접 들고 온 거고요."

"내가? 처음 듣는 얘기군."

"오늘 정신없이 바쁘셨나 봐요. 혹시 제가 본업을 방해했나요? 법을 수호하는 분인 줄도 모르고…."

비꼬는 것이 명백한 해주의 말에도 황인범은 덤덤했다. 오히려 해주에게 일 처리가 빠른 것이 마음에 드니 다음에는 이런 관계가 아니라, 탐정과 의뢰인 사이로 만나는 게 어떻냐고 묻기까지 했다.

해주는 그 말이 제가 한 대로 똑같이 저를 비꼬는 것이란 사실을 알았다. 다음을 생각지도 않고 있을 사람이 다음을 운운하는 자체가 우스웠다.

"김승연은 어디에 있나요?"

"곧 만날 수 있을 거야."

"제가 직접 갈까요. 아니면 직접 그쪽으로 데려다주나요."

해주의 물음에 황인범이 한쪽 입꼬리를 비뚜름히 올려 웃었다.

"비록 직접은 아니지만, 믿을 만한 직원에게 부탁해두지."

"고맙습니다."

"…참, 가족이라도 있었으면 어떻게 설득을 해봤을 건데, 아쉬워."

가족을 빌미로 관계의 주도권을 쥐었을 거란 말을 참 고상하게도 한다. 해주는 남자의 말을 무시하고 믿을 만한 직원을 기다렸다.

얼마 후 플라자에서 보았던 두 명의 조직원 중 시종일관 조용히 여자의 옆자리를 지켰던 남자가 사무실에 나타났다. 무거운 발소리를 내며 다가온 남자는 황인범에게 어떤 지시를 받기도 전에 조용히 해주의 팔뚝을 붙잡아 당겼다.

황인범은 남자에게 유능한 탐정이니 안내를 잘 부탁한다고 이야기한 뒤 금세 통장으로 관심을 돌렸다.

남자는 아무 말 않고 해주의 가방에서 차 키를 빼앗아 차를 몰았다. 차 키만 빼앗긴 것이 아니라 가방 전체를 빼앗겼다. 어쩌면 차를 빼앗긴 것일지도 몰랐다.

해주는 이 차 폐차될 수도 있겠거니, 생각했다. 차는 황인범의 사무실에서 머지않은 아파트의 입구에서 멈춰 섰다.

긴 복도형으로 된 아파트는 6층까지밖에 없는데다, 동 수도 많지 않아 얼핏 보기엔 작은 주택으로 보였다. 건물 외벽이나 주변 상가에는 재건축 현수막이 붙어 있었다. 바로 올해 겨울부터 착수하는 모양이었다.

남자는 해주를 억지로 잡아끌고 경비실에서 가장 먼 동으로 향했다.

전반적으로 위장 자살을 꾸며내기에 적합한 장소였다. 다 허물어져 가는 재건축 예정 아파트와 김승연은 끔찍이도 잘 어울렸다. 황인범이 순순히 김승연을 만나게 해준 이유가 어렴풋이 짐작되었다. 도움을 주러 온 이를 살해하고 자살한 불우한 여자, 이 정도면 황인범이 계획한 스토리에도 들어맞을 테니까.

황인범이 약속을 지키리란 생각은 않았다. 그도 해주가 그의 말을 아주 신뢰하고 있으리라고 믿진 않았을 터였다. 범죄에 연루되어 있는 처지고, 잡히지 않았다면 모를까 비자금을 빼돌리다가 잡혀 온 배신자에게 자비와 아량을 베풀게 되면 황인범과 가까운 조직원들의 태도가 어떻게 변할진 뻔한 일이었다. 그러니 황인범이 자신을 김승연이 있는 곳으로 안내했다는 건, 함께 묻어버릴 요량이겠거니 예측했다. 갑자기 김별에게 손대려 한 것도 같은 맥락일 터였다.

남자는 단지 내 가장 구석에 자리 잡은 202동에서야 걸음을 멈추었다.

202동은 달빛조차 들지 않아서 센서등이 없으면 흉가처럼 보일 만큼 어두웠고, 엘리베이터는 금방이라도 바닥이 꺼질 것처럼 덜컹거렸다. 최종 목적지는 501호였다.

복도 쪽으로 트인 창문에는 틈이 좁은 철창이 달려 있었다. 현관 문에 달린 아날로그 도어락 윗부분에는 특이하게도 문 안쪽에 있어야 할 문틀 걸쇠가 바깥으로 설치되어 있었다.

문은 당기는 형식으로만 열 수 있었는데, 공공화장실에 있는 비품 창고처럼 밖에서 걸쇠를 먼저 풀지 않으면 안쪽에선 문을 열 수 없게 되어 있었다.

"완전 감금이네, 이거."

해주가 혼잣말을 내뱉었다. 때마침 문을 연 남자가 해주의 바지 주머니를 더듬었다.

깜짝 놀란 해주가 몸을 비틀어 반항했지만, 건장한 남자의 힘에 저항할 순 없는 노릇이었다.

해주의 바지 주머니에서 휴대폰을 챙긴 남자는 신발장으로 해주의 등을 세게 떠밀었다. 해주는 넘어지듯 앞으로 떠밀렸다, 동시에 현관문이 우레와 같은 소리를 내며 닫혔다.

해주는 신경질적으로 닫혀 있는 문을 돌아보았다.

현관문 안쪽의 도어 록은 두꺼운 철판으로 막혀 있는 상태였다. 그나마 다행인 것은 베란다에마저 철창을 달아놓진 않았다는 점이었다.

집 안은 고요했다. 해주는 신발을 신고 안으로 들어가려 했으나, 신발장 모서리에 깔끔하게 놓여 있는 남색 운동화를 발견하고 그 옆에 제 신발을 가지런히 벗어놓았다.

거실에는 얇은 이불이 깔려 있었다. 그 앞에는 텔레비전이 있었지만, 전원이 켜지지 않았다. 주방에 마련된 아일랜드 식탁에는 등 받침대 없는 의자가 하나 놓여 있었다.

주방에도 유리잔 두 개와 식기 몇 개가 설거지통에 쌓여 있었다. 해주는 안방 문을 활짝 열었다. 마찬가지로 이부자리가 깔려 있었지만, 사람은 보이지 않았다. 신발은 함정이었나?

미간을 좁힌 해주가 화장실 문을 활짝 열었다. 다행히 해주가 찾는 이는 화장실의 욕조에서 가만히 반신욕을 하고 있었다.

그녀는 얼굴을 덮고 있던 흰 수건을 잡아 내리곤 해주와 물끄러미 눈을 맞추었다.

"탐정⋯?"

"팔자 좋으시네요."

"이게 팔자 좋아 보여요?"

해주가 어깨를 으쓱였다. 김승연은 몸을 닦고 나갈 테니 거실에서 기다려달라고 부탁했다.

해주도 의뢰인이 애타게 찾던 대상자와 알몸으로 대화할 마음은 없었다. 곧 화장실 문을 열고 나온 김승연이 젖은 머리를 얼굴에 덮고 있던 흰 수건으로 둘둘 감쌌다.

절뚝거리는 걸음으로 나와 식탁 의자에 앉았다. 그러곤 수납장에서 흰 붕대를 꺼내 익숙한 손길로 왼쪽 발목에 둘둘 감았다.

"베란다로 나가려고 했어요? 아니면 나가게 해달라고 사정하다가 다쳤어요?"

"베란다 자세히 보면 알 텐데, 열지 못하게 아예 막아놨어요. 그냥 개기다가 다친 거지 뭐."

"어차피 이런 데서 떨어지면 죽지도 않고 몸만 다칠 텐데, 괜히 헛수고만 했네요."

"그건 그러네."

붕대를 테이프로 고정한 김승연이 비교적 멀쩡해진 걸음걸이로 해주 옆으로 다가와 앉았다.

"물건은 찾았어요?"

"네, 잘 숨겨놨더라고요."

"찾았으면 그건 잘 숨긴 게 아니잖아요."

"결국에 여기까지 오게 만들었다는 점에서 칭찬하는 거예요. 황인범은 땡잡은 셈이잖아요. 귀찮은 일도 덜었고, 이제 딸만 잡으면 끝이네."

김승연은 해주에게 휘적휘적 손짓하곤 베개도 없이 얇은 이불 위에 누웠다. 해주는 의욕을 상실했는지 꿍꿍이속을 숨기는 건지 모를 김승연을 두고 재차 집 안을 한 바퀴 훑었다.

안방과 작은 방, 욕실과 거실, 베란다로 이루어진 내부는 겉보기보단 비좁지 않았다. 안방에는 작은 옷장이 있었는데 김승연의 옷가지와 짐 가방은 전부 그곳에 처박혀 있었다.

작은 방에는 5칸짜리 서랍장과 벽면에 붙은 이불장이 있었다. 이불장에는 네모나게 개켜진 이불이 들어 있었다. 현관문 옆에 바로 붙은 주방에는 수납형 아일랜드 식탁과 냉장고가 있었다. 냉장고에는 즉석밥과 팩으로 된 술밖에 없었다. 살아생전 알코올 중독이었다는 설정이 필요한가 보지. 해주는 콧방귀를 꼈다.

큰 방과 작은 방 사이에 붙은 화장실은 곰팡이가 끼어 있고 물때

나의 스무 번째 의뢰인　181

가 눌어붙어 더러운 인상을 주었다. 특이한 점은 유리로 된 병이나 플라스틱 재질의 통이 없다는 것이었다. 혹여나 그걸로 자살 시도라도 할까 막아두었는지, 냉장고에 있는 술의 양을 생각하면 날카로운 것만 피한다고 자살을 방지할 수 있을 것 같진 않았으나, 이 방의 디자인을 기획한 이가 황인범이 아니라는 사실만큼은 확실히 알 수 있었다. 아주 단순한 사람이 꾸며놓은 방이었다.

베란다는 세탁기와 천장에 붙어있는 형식의 빨래 건조대, 반대편 벽면에는 휴지와 생리대 같은 생필품이 쌓여 있었다. 감시용 카메라는 보이지 않았다. 김승연은 눈을 감고 누워 있다가 서랍이며 빈 공간을 들쑤시고 다니는 해주의 옷자락을 붙잡아 당겼다.

"여기 뭐 그런, 카메라 도청장치 이런 거 없어요. 있어도 없어도 아무것도 못 할 거 아니까. 여기 그냥 무덤 같은 거야. 누워서 기다리면 돼요."

"딸까지 버리고 도망갈 땐 언제고 왜 갑자기 다 포기했어요?"

"잡혔으면 포기해야지. 이럴 거 모르고 튀었나? 별이는… 뭐 잘 지내겠지. 걘 원래 나 없어도 다 잘했어요."

"그럼 나는 무슨 죄예요?"

"세상에 죄 있는 사람만 죽나. 왜 어린애 말을 들어서 사서 고생을 해요."

해주는 옷을 붙잡은 김승연의 손을 탁, 쳐냈다. 더 얘기할 가치가 없었다. 베란다로 나간 해주가 베란다의 단창을 손등으로 두드렸다.

발코니용 유리이긴 하나, 아주 단단한 경도는 아니었다. 세탁기 뒤에는 보일러가 있었다. 보일러와 세탁기 틈에는 제법 넓은 간격의 공간이 있었다. 해주는 멍하니 누운 김승연을 가늘게 뜬 눈으로 관찰했다. 잘 웅크리면 이 안에 잠시 쑤셔 박아 놓을 수는 있겠다.

"아가씨, 거기서 노려보지 말고 나랑 얘기나 좀 해주지."

해주의 시선을 의식한 김승연이 몸을 돌려 눕곤 베란다에 선 해주를 바라보며 말했다.

"저 바빠요."

해주는 김승연의 말에 심드렁하게 대답했다.

"뭐 하려고 바빠요?"

"나가려고요. 한쪽 다리를 다친 사람을 데리고 나가려면 사전조사를 해놔야 할 것 아녜요. 혹시 고소공포증 이런 거 있어요?"

김승연은 고소공포증이 있다, 없다는 대답은 하지 않고 뜬금없이 일어나 앉아 바닥을 탁탁, 두드렸다.

해주는 김승연이 하는 일련의 행위들을 전부 무시하며 방에 들어가 이불을 전부 꺼내왔다. 김승연이 덮고 있던 이불도 포함이었다. 안에 든 얇은 솜을 꺼내 분리해서 솜을 다시 몸 위로 던지자 김승연이 하, 하고 기가 찬 소리를 냈다. 정말 기가 찬 건 해주였다. 김승연은 마치 이곳이 제집인 양 편하게 늘어져 있었다.

돌아갈 생각이 없는 사람을 억지로 찾아냈나? 얇은 천끼리 겹쳐 매듭을 묶은 해주가 문득 떠오르는 생각에 김승연을 돌아보았다.

"누가 도와줬어요?"

"뭘요?"

"돈 횡령할 때 누가 도와줬잖아요. 박시윤이란 사람인가?"

"지금 그런 걸 밝히면 또 뭐가 달라지나?"

"궁금하니까. 심심하다면서요. 좀 떠들어봐요."

매듭지어 묶은 이불을 욕조 안에 휙 던져놓은 해주가 화장실 문을 닫고 나오며 말했다.

김승연은 오래된 과거를 회상하듯 허공을 바라보다가 천천히 입을 열었다. 김승연은 자신이 일을 시작하고 얼마 되지 않아서, 딱 제 딸 또래의 어린애를 도와준 적이 있다고 했다.

그때 김승연의 도움을 받았던 아이가 커서 김승연을 위해 통장 명의를 내주었다는 것이다. 은혜 갚은 까치도 아니고 뭐야, 장난해 나랑? 해주는 이마를 감싸 쥐었다.

"조직 돈을 횡령하는데 쓸 통장을 빌려줬다고요? 미치겠네. 그 통장 지금 황인범한테 있는데. 걔까지 셋이서 한 방 쓰게 생겼네요. 여기가 무슨 구치소야?"

"걱정 마요. 그럴 일 없으니까. 근데 통장을 넘겨줬으면… 조만간이네. 나가려면 얼른 나가야겠다."

"다 주진 않았어요. 제 조수한테 세 개를 맡겨놨고 지금 나한테 또 한 개 있고."

"지금요?"

"만일의 사태에 대비해서, 필요하면 쓰려고요."

해주가 입고 있던 반소매 티셔츠를 휙 들어 올려 브래지어 와이어 사이에 끼워둔 통장과 볼펜을 꺼내 바지 앞주머니에 넣었다. 움직임이 한층 수월해져 좋았다. 또 와서 괜히 주머니를 뒤지려 들면 눈이라도 찍어버려야지. 해주의 말에 김승연이 감흥 없이 짝짝, 손뼉을 마주쳤다.

"어떻게 나가려고요?"

"베란다 창문을 깨고요."

"이런 데서 떨어져봤자 죽지도 못하고 몸만 다친다면서요."

"누가 무작정 떨어진다고 했어요? 어차피 이 주변에서 조금만 시끄럽게 해도 달려오는 놈들 있지 않아요?"

"…있어요. 그래서 카메라 같은 걸 따로 설치 안 했나 보더라고."

"앞으론 그냥 얌전히 제 말에 따라요. 오늘 밤에 나가는 건 무리고, 이쪽에 황인범이 온 적은 없어요?"

"한 번? 그때 좀 난동 피우다가 발목이 부러질 뻔했지."

"원래 알던 사이예요?"

"그냥, 나 서울 왔을 때 일자리 찾아준 사람이에요."

"코 꿰였구나. 뭐 혹시 김별 양 친아빠가 황인범이고, 그런 관계는 아니겠죠?"

김승연은 별소리를 다 들어본다는 얼굴로 해주를 흘끔 쳐다보았다. 아닐 거라곤 생각했다. 그럼 돈을 빼돌린 이유는 뭐예요. 해주가 어디선가 베개를 가져와 누운 김승연에게 물었다.

늦은 저녁이라 그런지, 시간이 지날수록 목소리가 푹 잠겼다. 김승연은 까무룩 졸음에 잠겨 대답했다.

"새로 시작하고 싶어서…."

"웃긴다."

"그냥, 다 새로 시작하고 싶어서…."

"그럼 김별 양한테 전화한 이유는 뭐예요? 그 바람에 잡혔잖아요."

"그건 그냥, 보고 싶어서…."

김승연의 고른 숨소리가 들려왔다. 해주는 그날 날이 밝도록 한숨도 자지 않고 복도에서 무슨 소리가 들려오진 않는지, 황인범이 아침 일찍 찾아온다면 어떻게 대응해야 할지를 고민했다.

분명히 찾아와 다른 통장의 행방을 물을 텐데 그때 요한과 김별을 들먹이기엔 너무 이르진 않을까, 하는 생각이 들었다. 요한을 믿어야 할지, 말아야 할지. 만일 요한이 쉽게 잡혀 온다면, 정말 다 같이 죽는 수밖에 없었다. 해주는 갈피가 잡히지 않는 마음으로 서서히 밝아지는 하늘을 물끄러미 바라보았다.

해주의 예상대로 황인범은 다음 날 이른 점심시간에 나타났다.

그는 해주에게 같은 이름으로 된 통장이 네 개가 더 있어야 하는데, 나머지 통장들을 어디에 숨겼느냐고 물었다. 다행히 박시윤이라는 이름이 의심을 사진 않은 듯했다.

김승연은 천을 벗겨낸 이불을 끌어안고 황인범의 눈을 피해 고개를 돌리고 있었다.

"승연아, 네가 사고 쳐서 이렇게 됐는데."

황인범은 김승연에게 다가가 그녀와 눈높이를 맞추고 앉아 다정한 어조로 말했다. 김승연은 눈을 질끈 감고 있었다. 이 장면만 보아도, 짧은 시간 동안 김승연이 이곳에서 어떻게 지냈는지가 눈앞에 생생히 그려졌다.

해주는 황인범 뒤에 선 여자와 어제 해주를 이곳까지 데려다주었던 남자를 빤히 바라보았다. 뭔가, 찜찜한 구석이 있었다.

해주가 통장의 위치를 말하지 않는 것을 김승연에게 화풀이하려는지 손을 높게 치켜들었던 황인범이 제 손목을 붙잡은 해주를 신경질적으로 돌아보았다.

"김별은 데리고 왔어요?"

"장해주 탐정, 난 사람 눈이 없는 곳에서는 좀 괴팍해. 무슨 뜻인지 알지?"

"알겠는데. 어제 저쪽 사람들이 김별 데려가야 한다고 했는데, 왜 아직 소식이 없는지 궁금해서. 당신 명령이었다던데."

후, 한숨을 내쉬며 일어난 황인범이 잘 정돈된 머리를 손으로 쓸어 넘겼다.

여자는 해주에게 감추고 있는 물건을 받아내기 위함이었다고 대꾸했다. 해주는 아, 작게 탄식했다.

"단순한 협박이었다니 다행이네. 난 내 의뢰인이 위험해지는 게 너무 싫거든."

"그러고 보니, 의뢰인은 아직 그 호텔에 있나? 조수가 안 보이는 걸 보면 조수랑 같이 있는가 봐?"

"그렇겠죠. 제가 그 애들한테 설마 위험한 짓이라도 시켰을 것 같나요?"

"심리 싸움을 거는 건가? 상대하고 싶지 않은데 말이야. 그리고 그 애들이 통장을 가지고 있지 않더라도, 어차피 잡아 와야 했어. 본인 처지를 잘 알지 않나. 나는 또 무슨 대단한 수라도 있는 줄 알고 기대를 했는데, 여기 와서 꾸벅꾸벅 졸고 있는 게 전부라니 실망이군."

"기대에 못 미쳐 죄송합니다!"

"사과할 필요는 없어. 탐정이 다 그렇지 뭐."

황인범은 이불 밖으로 삐져나온 김승연의 손을 꾸욱, 밟고는 조직원들을 데리고 집을 빠져나갔다.

해주는 벌떡 일어나 김승연의 손을 물 묻힌 휴지로 닦아냈다. 지금부터 황인범의 옆자리를 지키는 조직원 둘을 포함해 여럿이 김별과 요한을 찾기 위해 파견될 테니, 기회는 지금뿐이었다.

발발 떨고 있는 김승언의 뺨을 툭툭, 친 해수가 지난밤 욕조에 숨겨둔 이불을 꺼냈다.

"정신 차려요. 진짜 딸이 잡혀 와서 죽는 거 보고 싶어요?"

"보기 싫지 당연히!"

"그럼 지금부터 빨리 저를 도와요."

해주는 김승연을 붙잡아 일으켜 세운 뒤 화장실 욕조에 김승연을 붙잡아 숨겼다.

이불 솜을 그 위로 휙 덮어주자, 김승연이 당황한 표정으로 해주를 보았다. 해주는 달리 설명할 시간이 없었으므로 화장실 문을 안쪽에서 잠그고 닫았다.

다음으로 현관문의 도어 스토퍼를 내려두었다. 모든 것은 해주가 지난 밤 계획한 대로 빠르게 진행되었다. 해주는 황인범이 떠나고 10분 정도가 지났을 때 주머니 속 볼펜을 꺼내어 베란다 창문의 모서리를 쾅 소리가 나도록 세게 내리찍었다.

화장실 문을 열고 나와 빼꼼 고개를 내민 김승연이 볼펜으로 뭘하는 짓이냐고 물었지만, 해주가 매번 소지하고 다니는 이 펜은 단순한 볼펜이 아니라 호신용 기능이 있어 쿠보탄처럼 사용할 수도 있었고, 지금처럼 유리를 파쇄할 때에도 용이했다.

베란다 창 모서리 부분을 몇 번 더 내리찍자 동그란 구멍이 뚫렸다. 귓전을 때리는 파열음에 김승연이 입술을 틀어막았다. 이렇게 해서 내려간다고 해봐야, 잡힐 게 분명했다. 그럼에도 해주는 거침없이 베란다 유리창을 빙판을 깨듯 픽픽, 내리쳤다.

이내 큰 소리를 내며 깨진 창문에서 유리 조각을 주운 해주가 손바닥을 그었다. 손바닥에서 흐르는 피를 베란다 난간에 묻히고 바닥에 떨구었다.

마지막으로 넓게 벌어진 베란다 난간의 쇠창살 틈으로 이불을 꽉 묶은 해주가 그것을 밖으로 휙, 날렸다. 두 개가 연이어 묶인 이불의 끄트머리는 바로 아래층인 4층에 닿았다. 거기까지 행동을 마친 해주가 손바닥을 감싸 쥐곤 작은 방의 이불장에 몸을 숨겼다.

이내 소란스러운 말소리와 함께 현관문이 열렸다. 남자들은 눈앞에 벌어진 참상에 저들끼리 시끄럽게 대화를 주고받다가 이내 몇 사람이 밖으로 뛰쳐나갔다. 혹시나 방문을 열고 들어올까 걱정했으나, 다행히 해주가 깔아놓은 밑밥을 덥석 물곤 황급히 401호를 외치며 달려나갔다.

해주는 여전히 피가 흐르는 손바닥을 미리 챙겨놓은 붕대로 깍 묶은 뒤 쿠보탄을 꽉 쥐곤 문을 열었다.

방 밖의 소란에 비해 조용한 작은 방문을 열자, 미리 밖으로 나온 김승연이 화들짝 놀라 해주를 바라보았다.

잠시 눈을 마주하고 있던 해주와 김승연은 언제 그랬냐는 듯이 신발을 챙겨 들었다. 미리 도어 스토퍼를 내려놓은 덕에 제대로 닫히지 않은 문을 열고 비상구 계단까지 세차게 달려갔다.

해주는 밑으로 내려가는 김승연의 손을 잡아 위로 올라갔다. 어차피 지금 내려가 봐야, 조만간 다시 잡혀 올 터였다. 조금 더 상황이 진행된 후에 움직여야 했다. 해주는 아파트 옥상과 이어진 철문을 열었다. 오래된 건물 옥상들이 으레 그러하듯 사용 불가 팻말이 붙은 상태로 허술하게 잠겨 있었다.

녹이 슨 문은 몇 번 억지로 문고리를 잡아 돌리는 것만으로도 쉽게 열렸다.

"왜, 왜 올라왔어요?"

"지금 내려가면 내려가다 잡힐 테니까요."

"여깄으면 안 잡히고요?"

"아마도. 창밖으로 탈출을 시도한 척 가짜 흔적을 남겨뒀으니, 지금쯤 발을 동동 구르고 있겠죠."

해주가 넓은 옥상 벽에 등을 기대고 앉아 하하, 소리 내어 웃었다. 손바닥이 좀 쓰라리긴 했지만, 계획대로 완벽하게 조직을 속여낸 터라, 속 시원한 기분이 들었다.

김승연은 그런 해주를 경이롭다는 듯이 바라보다가 이내 초록색 방수 페인트가 칠해진 바닥에 주저앉았다.

"앞으로 몇 시간 동안은 제 조수를 믿고 기다려야겠네요. 좀 맹한 구석이 있긴 해도, 유능한 조수니까 황인범에게 끌려 오는 일은 없을 거예요. …아마도."

"아가씨가 그렇게 말하면 믿기밖에 더 하겠어요. 내가?"

"믿든 말든, 그건 김승연 씨 자유죠. 저는 이제 당신을 김별 양에게 데려가면, 무사히 의뢰를 끝마치게 되는 거니까요."

"…별이한테 얼마나 받았어요?"

"원래 받아야 하는 금액의 반의반도 안 되긴 하는데, 괜찮아요. 그쪽 통장에 있는 돈을 좀 쓸 거니까요."

해주는 요한이 과연 김별을 데리고 어디에 숨었을지를 고민했다. 달리 떠오르는 장소가 없었다. 집이나 사무실 같은 멍청한 장소는 아닐 테고, 또 어딘가 아는 호텔이 있으면 그곳에 갔을 수도 있을 테다.

해주는 부디 두 사람이 안전한 곳에 있기를 바라며 따끔따끔한

눈가를 손으로 가렸다.

슬슬 해가 짧아지는 가을 무렵이라 다행이었다.

해주는 김승연의 손을 단단히 붙잡고 아파트 계단을 내려왔다. 단지 내는 완전히 텅 빈 것처럼 보였다. 저희를 찾는지, 아니면 요한과 별을 찾는지는 지금으로선 확인 불가능했다. 인적이 드문 길을 찾아 조심조심 아파트 단지 밖으로 걸어 나가자 불이 켜진 상가 건물 너머로 큰 도로가 보였다.

해주는 가장 먼저 은행에 들러 소량의 금액을 인출했다.

김승연의 부탁으로 동네 지구대 근처 식당에 들어갔다. 김승연은 연락할 곳이 있다고 했다.

김승연이 가게의 전화를 빌려 누군가와 통화를 하는 동안 해주는 메뉴판에서 찌개를 골라 시켰다.

"승연이 언니야, 밖에 나왔어. 응, 그 탐정이랑 같이. 별이는 어때?"

김승연의 목소리는 아주 상냥하고 다정하고, 또 안도감이 깃들어 있었다.

김승연의 통화 내용을 엿듣던 해주가 이제야 알았다는 듯 아, 하고 감탄했다. 김승연에게도 유능한 조력자가 있었다. 황인범에게 들키지 않으면서, 김승연과 그녀의 딸을 도울 만한 능력이 있었던 어떤 여자.

같은 조직원 앞에서도 눈 하나 깜짝 않고 협박용으로 의뢰인에게 겁을 준거라고 거짓말을 한 여자.

반도 먹지 않고 남긴 식사를 마치고 해주는 김승연과 같은 택시에 올리탔다. 목적지는 서초동이었나. 해주는 김승연에게 통장을 넘겨주고 말했다.

"그 여자애 연기를 아주 잘 하던데요."

"똘똘하거든요. 경찰이든 형사든, 탐정이든 뭘 해도 잘했을 텐데."

김승연은 그런 사람 밑에서 일하는 것이 아쉽기만 하다고 말하며 작은 한숨을 내쉬었다.

택시는 서초동 서리풀 공원 근처에서 멈추었다. 김별이 공원 입구에 앉아서 어쩔 줄 몰라 하는 표정을 짓고 있었다.

그 옆에는 오늘 낮에도 보았던 여자가 가만히 서서 그녀를 기다리고 있었다.

멀뚱멀뚱 서 있는 요한은 덤이었다.

해주는 혹시라도 이게 마지막 함정은 아닐까, 경계하며 다가섰다. 다행히 해주와 여자가 짧은 인사를 나누는 동안에도 주변에서 괴한이 덮쳐 온다던가 하는 사건은 일어나지 않았다.

김승연과 박시윤이라는 이름을 가졌을 여자는 심각한 얼굴로 무언가를 떠들어대기 시작했다.

김승연은 김별의 손을 꼭 붙잡고 있었다. 해주는 세 사람의 모습을 바라보다가 천천히 뒷걸음질로 그들에게서 멀어졌다.

별다른 인사도 없이 멀어지는 해주를 본 김별이 허겁지겁 해주에게 다가와 인사했다.

해주는 김별의 인사를 심드렁하게 받아주었다. 잘 지내요. 하는 인사에 김별이 더듬더듬 대답했다.

"네, 탐정님도요. 이제 어떻게 하실 거예요?"

"뭘 어떻게 해요? 자리 옮겨서 탐정 일 하고 있겠죠. 난 원래 적이 많아요."

해주는 김별의 어깨를 떠밀었다. 이번에는 무슨 계획을 짜는지 옆에서 듣고 꼭 함께하라는 말도 덧붙여주었다.

그게 뭐 얼마나 대단한 범죄가 될지, 아니면 김승연이 꿈꾸던 신분세탁의 시작이 될진 모르겠지만. 요한은 해주를 대신해 세 사람에게 꾸벅 허리 숙여 인사한 뒤 해주 옆으로 따라붙었다.

"탐정님, 사무실은 어디로 옮기실 거예요?"

"그걸 알아서 뭐 하게요."

"알아야 출근을 할 테니까요."

"아직 생각 안 해봤어요. 근데 정말 이 일 계속할 거예요?"

"네. 재밌으니까요."

"요한 씨도 참, 특이한 사람이다."

해주의 말에 요한이 베시시 웃었다. 그러는 탐정님이야말로 이상한 사람이라는 말은 하지 않았다. 요한은 '장해주 탐정사무소'에서 좀 더 오래 일하고 싶었으니까.

에필로그

새로운 사무실은 일산으로 옮겼다.

시간이 좀 걸릴 줄 알았는데, 의외로 가져올 물건이 별로 없어 건물주와 계약을 끝낸 뒤 이틀 만에 사무실에 첫 출근을 할 수 있었다.

빨리 개업 한다고 해서, 손님도 빠르게 오는 건 아니었지만.

요한은 어깨에 먼지처럼 쌓인 눈을 손으로 툭툭, 털어내곤 새카만 사무실에 불을 켰다. 아무도 없을 줄 알았던 사무실에는 갈색 코트를 이불처럼 덮고 소파에 누워 있는 해주가 보였다.

김별의 의뢰가 끝난 지 어느덧 한 달이 넘었지만, 해주는 틈만 나면 사무실에서 잠을 잤다.

그 덕에 요한은 최근 사무실의 인테리어를 실용적이고 보기 좋게 꾸미는 데 매료되어 있었다.

요한은 눈을 탈탈 턴 코트를 코트 걸이에 걸어놓고 해주의 몸 위에 코트 대신 담요를 덮어주었다. 이대로 가다간 사무실에 침대라도 하나 마련해야 할 지경이었다.

"아, 왔어요."

"집에 안 가요? 벌써 사흘째예요."

"갈 거예요. 요즘 자꾸 귀찮은 협박 문자가 와서 잠깐 지낸 거야…"

요한이 그런 말은 처음 들었다는 듯 깜짝 놀란 표정으로 물었다.

누구요? 해주는 고개를 가로저었다. 예상 가는 인물이 너무 많아서 추측이 불가능하다고 했다. 그나마 가장 최근 의뢰로 따져 보았을 때, 가장 가능성이 있는 건 황인범 쪽이었다.

그는 같은 법률사무소를 하고 있던 동료 변호사에게 고소를 당한 모양이었다. 해주는 그보단 다른 이들의 소식이 듣고 싶었으므로 황인범과 관련된 뉴스는 잘 챙겨보지 않았다. 물론, 협박 문자도 마찬가지로 자세히 읽지 않았다.

김승연과 김별은 잠시 홍콩에 나가 있다고 했다. 누가 도와주었는진 뻔할 뻔 자였다.

해주는 그 정도면 차라리 그 박시윤인가 뭔가 하는 여자를 아버지로 받아들이면 안 되는 거냐고 요한에게 물었다.

김승연과 김별의 소식을 종종 해주에게 알려주는 요한은 그녀의 말에 크게 웃었지만, 해주는 진심이었다.

김별과 요한은 놀랍게도 아직 문자를 주고받는 사이라고 했다. 김별은 번호를 바꾸었지만, 요한은 바꾸지 않았다는 것이다. 무슨 깡인지….

의뢰인과 사적인 연락을 주고받을 거면 탐정 사무실을 그만두라는 해주의 말에도 요한은 꿈쩍 않았다. 해주가 요한을 제법 괜찮은 조수로 인정했다는 사실을 알게 된 이후론 요한은 가끔가다 한 번

씩 배짱을 부렸다.

"죽이겠대요?"

"보통 그렇긴 해요. 다 죽인다고만 하고 죽이진 않는 걸 보면 평생 이렇게 살다 죽으려나."

"에이, 설마요."

요한이 따듯한 커피를 내려 근처 카페에서 사 온 샌드위치와 함께 소파 테이블 위에 올려 놓았다.

해주는 담요를 두른 채로 김이 올라오는 머그잔을 감싸 쥐었다. 요한은 꼼꼼하게도 닫혀 있는 커튼을 활짝 젖히고 창문을 열었다. 겨울의 찬 공기에 해주가 윽, 신음하며 담요를 꼼꼼히 여몄다. 요한은 익숙하게 창틀을 닦고, 화분에 물을 주고 커피포트에 물을 채워 넣고 해주의 책상을 닦았다.

손끝에 물 한 방울 안 묻혀봤을 것 같은 외모로, 아니 그만큼 부유한 집안에서 자란 주제에 어쩜 저렇게 싹싹할까. 해주의 빤한 시선이 요한의 움직임을 레이저 포인트를 쫓는 고양이마냥 쫓아다녔다. 기어코 요한이 뒤를 돌아보기 전까지.

"저, 뒤통수에 불 날 것 같아요."

"아니 그냥 대견해서 그렇죠."

해주가 알아낸 정보에 의하면, 요한은 대한민국에서 손에 꼽히게 잘 나가는 악기 사업가의 양아들이었다. 입양된 시기는 열여섯으로 아주 늦긴 하지만, 집안 교육을 엄격히 받았는지 구설수 하나 없이, 티브이에 공개된 적도 없이 지내왔다. 아래로는 동생이 있다고 하는데, 소문에 의하면 요한이 입양되기 전에 죽었다고 한다. 그러니, 요한과는 한 번도 마주친적 없는 이복동생인 셈이다. 그 외에는 특별한 커리어 없이 평범한 삶을 살아왔다.

그러니까, 저것만으론 요한이 어째서 아직도 탐정 사무실에서 근무하고 있는지 설명이 되지 않았다. 사회 경험을 쌓는 도련님도 아니고….

한참을 못마땅한 얼굴로 요한을 주시하던 해주가 사무실로 걸려오는 전화에 잽싸게 수화기를 들었다.

'저, 의뢰하고 싶은데요….'

수화기 건너편에서 들려온 목소리에 아주 오랜만에 사무실이 활기를 띠었다. 해주는 약속 장소와 시간을 정한 뒤 자신의 조수를 내보낼 테니 맡길 의뢰를 조수에게 전달해 달라고 말했다.

이제 막 물걸레질을 하려던 요한이 눈을 동그랗게 뜨고 손으로 제 가슴팍을 쿡, 찔렀다. 해주는 의뢰인의 휴대폰 번호와 약속 장소, 약속 시간이 쓰여있는 메모지를 요한에게 건넸다. 요한은 아주 떨떠름한 얼굴로 코트를 챙겨입고 목도리를 둘러맨 후 사무실을 나섰다. 해주는 요한이 오기 전처럼 커튼을 전부 닫고 소파에 누웠다.

요한이 떠나고 10분 정도가 지났을 때 다시 한번 전화벨이 울렸다. 해주는 책상에서 메모지 한 장을 떼어와 바닥에 붙이고 볼펜을 들었다.

"네 장해주 탐정 사무소입니다."

[아, 저기 안녕하세요. 탐정님 저 김별이에요!]

해주는 크게 하품을 하며 기지개를 켰다. 전화 음질이 좋지 않은 걸로 보아, 여전히 외국에 나가 있는 모양이었다.

"오랜만이에요. 잘 지냈어요?"

[네. 너무너무 잘 지내요. 그래서 가끔 탐정님이랑 있었던 날이 다 꿈같을 때도 있어요.]

김별은 아이처럼 웃으면서 대답했다. 천진난만한 웃음소리를 들으니 기분은 나쁘지 않았다. 처음엔 김승연과 많이 다투기도 했다고 했지만, 이제는 관계를 회복해 가는 중이라고 했다.

"그래서 이렇게 가끔 전화해서 확인하는 거예요?"

[네에. 한국에 가면, 만약 가게 되면, 만나 주실 수 있어요.]

"아 뭐, 그야 어렵지 않죠. 요한 씨랑 만나서 놀아요."

김별은 조수님이 아니라, 탐정님과 함께 놀고 싶은 거라고 작게 투덜거렸다. 그러면서 넌지시 해주에게 물었다.

[요한 조수님은 아직 따로 사무실을 안 차리셨나봐요.]

사무실을 따로 차리긴, 일이 없을 때 보면 조수가 아니라 완전히 하우스 키퍼였다. 요한의 능력만 본다면 지금 당장 사무실을 차려도 망하진 않을 거라곤 생각하지만.

"먼저 면허를 따야 하지 않을까요? 요한 씨는 아직 조수이고, 탐정 사무실은 탐정 면허가 있어야 하거든요."

[요한 조수님 탐정 면허 있잖아요. 아닌가, 조수 면허증인가? 조수도 면허가 필요한가요? 저번에 분명 봤는데.]

"예?"

[제가 잘못 알았을 수도 있어요! 전화 끊을게요! 잘 지내셔요!]

"아니……."

해주가 무어라 대답을 하기도 전에 통화가 끊겼다. 해주는 쉬이 수화기를 놓지 못하고 고개를 갸웃 기울였다. 해주가 알아낸 요한의 정보에 탐정 면허는 존재하지 않았다. 해주가 빈 머그잔을 커피포트 옆에 두고 요한이 돌아오면 물어봐야겠다고 생각하고 있던 찰나 사무실 문이 열렸다.

요한은 죽을 죄를 지은 사람처럼 쭈뼛대며 사무실의 열린 문으로 머리부터 빼꼼 내밀었다. 뭔 이상한 사고를 치고 왔기에 저러는가 했는데, 요한의 옆으로 김별보다 조금 작은, 그러나 김별보다 훨씬 더 강한 인상을 풍기는 '교복'을 입은 여학생이 나타났다. 짧은 단발을 한 여학생은 등에는 책가방을 메고 있었고, 손에는 서류봉투를 들고 있었다. 해주는 말 없이 요한을 죽일 듯 노려보았다.

"별이 학생이, 소개해 줬다고 하는….'

횡설수설 하는 요한의 말을 끊고 여학생이 말했다.

"별이 소개는 아니고요. 그냥 얘기를 들었어요. 여기, 사람 잘 찾아준다면서요. 제가 미성년자라 절 받아주는 곳이 없었는데 별이가 여기서 도움을 많이 받았다길래요."

해주는 뭔가 고민하듯 한동안 여학생을 바라보다가, 이내 손님용 소파 쪽으로 손짓을 했다. 여학생은 손님용 소파에 자리를 잡고 앉아 가타부타 말도 없이 서류봉투를 해주 쪽으로 내밀었다.

"사람 가려 받는 곳은 아니니까, 편견은 없는데 저희가 비용이 조금 비싸요. 감당할 수 있으시겠어요?"

여학생이 해주의 말에 머뭇거리며 대답했다.

"후불도 되나요?"

"일단 의뢰를 먼저 들어 볼게요."

"아빠가 사라졌어요. 그래서 아빠를 찾아야 해요."

"경찰에는 말해 보셨고요?"

"경찰에는 말 못 해요. 저는, 아빠를 찾는 건데 아빠를 찾는 게 아니라서…."

여학생의 말을 이해하지 못한 해주가 다시 한번 설명을 해달라고 요구하자, 여학생은 치맛자락을 주먹으로 움켜쥐곤 조금 전보다 더 큰 목소리로 말했다.

"전 아빠를 찾으러 온 게 아니에요. 아빠가 훔쳐간 제 돈을 찾고 싶은 거지. 그 돈만 찾아주시면 돼요…."

"정확한 의뢰는 아빠가 가져간 돈을 되찾고 싶다는 건가요?"

"네. 아빠가 제가 모아 놓은 돈을 들고 도망갔어요. 칠천 만원 정도인데, 이 돈을 찾게만 해주신다면 여기서 절반은 떼어드릴 수 있어요."

해주의 물음에 여학생은 강단 있는 어조로 대답했다. 꼿꼿한 자세나, 야무진 입매는 꼭 김별을 떠오르게 했지만, 그때보다는 좀 더 망설여졌다. 여학생의 말투는 아주 예의 바르지만, 눈빛과 표정은 냉랭했다. 이 의뢰를 받아야 할까? 혹은 여기서 잘라내는 것이 맞을까? 해주는 제 눈을 피하지 않고 바라보는 여학생에게 들릴듯 말듯 작게 한숨을 내쉬었다.